AF317281

AMOUR,
HONNEUR ET DEVOIR,

OU

LE RAPT,

MÉLODRAME

EN TROIS ACTES, EN PROSE ET A GRAND SPECTACLE,

Imité du Théâtre espagnol de CALDERON,

PAR M. P. J. CHARRIN,

Musique de MM. QUAISAIN et RENAT fils ;

Ballet de M. MILLOT ;

Représenté pour la première fois à Paris, sur le Théâtre de l'Ambigu-Comique, le 25 Mai 1815.

PARIS,

Chez BARBA, Libraire, Palais-Royal, derrière le Théâtre Français, N°. 51.

De l'Imprimerie de HOCQUET, rue du Faubourg Montmartre, n°. 4.

1815.

<table>
<tr><td>PERSONNAGES.</td><td>ACTEURS.</td></tr>
<tr><td>MORÉNO, riche fermier.</td><td>M. Villeneuve.</td></tr>
<tr><td>GUSMAN, son fils.</td><td>M. Christmann.</td></tr>
<tr><td>ELVIRE, sa fille.</td><td>Mlle. Adèle Dupuis.</td></tr>
<tr><td>LAURE, sa nièce, promise à Gusman.</td><td>Mlle Palmyre Lévesque</td></tr>
<tr><td>Don SANCHE DE ZAMORA, général espagnol.</td><td>M. Fresnoy.</td></tr>
<tr><td>Don ALPHONSE, son fils, capitaine.</td><td>M. Grévin.</td></tr>
<tr><td>OVIÉDO, sergent sous les ordres de D. Alphonse.</td><td>M. Stokleit fils.</td></tr>
<tr><td>ORDOGNO, greffier de la Justice.</td><td>M. Raffile.</td></tr>
<tr><td>URGELIO, soldat de la compagnie de D. Alphonse.</td><td>M......</td></tr>
<tr><td>Deux SOLDATS.</td><td>MM. { Debray. Barthélemy.</td></tr>
</table>

Garçons de Ferme.
Soldats, Tambours.
Paysans armés.
Villageois, Villageoises.

———————————

La Scène se passe à Villa-Nuova-Della-Séréna, bourg de l'Andalousie, à douze lieues de Séville, vers le milieu du 18me. siècle.

AMOUR,
HONNEUR ET DEVOIR,
OU
LE RAPT,
MÉLODRAME EN TROIS ACTES.

ACTE PREMIER.

Le Théâtre représente l'intérieur de la ferme de Moréno ; plusieurs chambres à droite et à gauche, au fond, un champ de blé, dans lequel travaillent des moissonneurs. La maison est séparée du grand chemin par un mur ; au milieu est une large porte à claire-voye.

SCENE PREMIERE.

ELVIRE, LAURE, Moissonneurs.

LAURE

Ma cousine, mon oncle et ton frère tardent bien à rentrer.

ELVIRE

Je viens d'appercevoir mon père ; il surveille les moissonneurs du champ voisin.

LAURE

Et Gusman ?

ELVIRE

Il etait si impatient de voir les troupes qui se rendent à Lisbonne pour le couronnement de notre Roi Charles III, qu'il est allé au devant d'elles.

LAURE, *avec humeur.*

Puisqu'elles traversent ce bourg, qui n'est qu'à douze lieues de Séville, il avait bien le tems de les voir à son aise.

ELVIRE

Quand on aime, l'absence est cruelle, n'est-ce pas Laure ?

LAURE, *piquée*

Je n'aime plus Gusman.

ELVIRE

Ton dépit prouve le contraire.

LAURE

Ton frère pense-t-il à moi ?

ELVIRE

Sans doute.

LAURE

Si cela était, voudrait-il nous quitter, courir le monde, se faire soldat ?

ELVIRE

Je suis persuadée qu'il ne penserait plus à l'état militaire, si mon père n'avait résolu, de ne vous marier que dans deux ans.

LAURE

Orpheline et sans fortune, mon oncle Moréno m'a recueillie ; il me prodigue les plus tendres soins ; Bon, généreux envers tout le monde, jamais il n'afflige personne. Et cependant, persuadé que ce retard chagrine Gusman et moi, il persiste encore.

ELVIRE

C'est cruel, j'en conviens ; mais s'il croit ce délai nécessaire.

LAURE

Nécessaire ! et pourquoi le serait-il ? Dans tous les cas, ton frère n'est pas excusable de vouloir s'engager.

ELVIRE

Pour oublier les peines de l'amour, il veut acquerir de la gloire.

LAURE

Doit-il désirer d'autre gloire que celle de cultiver nos champs ? ton père a besoin de lui pour l'aider à diriger ses immenses travaux.

ELVIRE

Et toi, Laure, tu as besoin de sa présence.

LAURE

Souvent rêveuse, je crois, Elvire, que tu n'es pas moins occupée de cet officier dont tu m'as si souvent parlé, et que tu connus à Séville dans les derniers mois que tu passas au couvent.

ELVIRE

J'avoue que le souvenir de Don Alphonse se présente souvent à ma pensée.

LAURE

Tu as eu tort d'accompagner Dona-Bella au parloir, quand son parent la priait de s'y rendre.

ELVIRE

Je quittais peu mon amie ; elle m'engageait à la suivre, et loin de lui résister, je trouvais un secret plaisir...

LAURE

Ce parloir sera funeste à ton repos. Aussi, quelle idée mon oncle a-t-il eue de t'éloigner de lui ?

(5)

ELVIRE

Lancé dans de grandes entreprises, mon père voyait chaque
jour s'accroître sa fortune. D'abondantes récoltes, des marchés
avantageux, firent bientôt de lui le plus riche fermier de la province. Dans sa prospérité, il résolut de donner à ses enfans une
brillante éducation. Gusman fut confié à d'habiles précepteurs ,
et quoiqu'il fallut être d'une grande noblesse, pour entrer au
couvent de Ste.-Cécile, mon père obtint pour moi du monarque
un ordre d'admission. Tu sais, Laure, que le roi a , par fois,
eu recours au trésor de mon père qui, ayant tiré de ses coffres
des sommes considérables, rendit, en les prêtant à Charles III,
de grands services au souverain et à l'état.

LAURE

Toute la contrée sait cela.

ELVIRE

Usant toujours d'une extrême prudence, mon père, ayant
pensa que l'obscurité de mon origine pourrait, si elle était connue,
au couvent, me causer des humiliations ou des chagrins, il com-
muniqua ses réflexions à la supérieure, qui les approuva et me
fit passer, sous le nom de Dona-Elvire, pour une personne d'un
rang distingué. Depuis ce moment, je ne vis mon père que
chez l'abbesse : mon secret fut bien gardé, et D. Alphonse, ne
pensant pas qu'il avait à rougir de la passion que je lui avais ins-
pirée, me déclara sa tendresse. O mon amie! je n'oublierai jamais
cet aveu.

LAURE

Que répondis-tu ?

ELVIRE

J'aimais : mon embarras, mon silence dirent assez à Don
Alphonse qu'il régnait sur mon cœur. Pourtant , rappelée à mon
devoir, j'eus avec lui un dernier entretien. Je voulais qu'il re-
nonçât à son amour, sans désigner notre famille : je lui appris que
je n'étais qu'une villageoise. Don Alphonse refusa de me croire,
et multiplia ses visites au parloir. Obsédée, je ne savais quel parti
prendre, lorsque mon père, en m'instruisant des malheurs qui te
rendirent orpheline, m'annonça ton arrivée en ces lieux; je le
priai de me permettre de sortir du couvent pour vivre près de toi :
il y consentit, et depuis un an, j'ai quitté Séville, bien convaincue
que Don Alphonse, loin de m'oublier, fait d'inutiles recherches
pour découvrir le lieu de ma retraite.

LAURE

Il est présumable qu'il n'y parviendra pas.

ELVIRE

C'est l'espoir auquel je me livre, quoiqu'il me soit impossible de
le bannir de ma pensée.

MORÉNO, *dans la coulisse.*

Elvire. Elvire !

LAURE

Mon oncle t'appelle.

ELVIRE

Me voici, mon père.

SCENE II.

Les Précédens, MORENO

MORÉNO

Elvire, il faut faire souper les moissonneurs. Quelle récolte ! nous devons chaque jour remercier l'être suprême de la fertilité de nos champs.

LAURE

Tous les matins, il reçoit nos actions de grâce.

ELVIRE

Nos devoirs nous sont trop chers pour les négliger.

LAURE

Où voulez-vous que je serve le repas de ces braves gens ?

MORÉNO

Ici; j'aurai du plaisir à les voir. (*Il va sonner une cloche, et fait un geste. Tous les moissonneurs arrivent.*) Venez, mes amis, venez vous remettre un peu de vos fatigues.
(*Elvire et Laure apportent du laitage et des fruits qu'elles distribuent aux paysans, qui se groupent en divers endroits.*)

LAURE

Et vous, mon oncle, voulez-vous souper ?

MORÉNO

J'attendrai Gusman.

LAURE

Croyez-vous qu'il rentre bientôt ?

ELVIRE, *au fond du théâtre.*

Je l'aperçois.

SCENE III

Les Précédens, GUSMAN

GUSMAN, *d'un air joyeux, et sans evoir Laure et Elvire.*
Bonjour, mon père; j'ai bien des choses à vous dire.

MORÉNO

Tu as appris quelques nouvelles ?

GUSMAN

Voici d'abord une lettre pour vous.

MORÉNO

Une lettre, et de qui ?

GUSMAN

Je ne sais, elle m'a été remise à l'hotel-de-ville, par Ordogno, le greffier de la justice.

(7)

MORÉNO

Que puis-je avoir à démêler avec la justice ? Moi qui, depuis plus de huit jours, ne suis sorti de la ferme... Lisons.

LAURE, *montrant Gusman.*

Tu le vois, Elvire, il n'a pas seulement pris garde à moi.

ELVIRE

Ce n'est pas bien : qu'il oublie de parler à sa sœur, passe ; mais à toi !

GUSMAN, *appercevant Laure.*

Ah ! te voilà, ma bonne cousine ! (*Il veut l'embrasser.*)

LAURE, *se défendant.*

Non, monsieur, non ; vous n'êtes point assez empressé de me voir.

GUSMAN.

Quoi ! tu me boudes ?

ELVIRE.

Elle a raison.

GUSMAN.

Et toi aussi, ma sœur, pardonne-moi, Laure.

LAURE.

Non.

GUSMAN

Tu veux m'affliger ?

LAURE

Non, mais. . . .

GUSMAN

Un baiser, et que la paix soit faite.

LAURE

Non, non, vous dis-je.

GUSMAN

Je l'obtiendrai malgré toi.

LAURE

Nous verrons. (*Elle résiste faiblement, Gusman l'embrasse.*)

ELVIRE

Il faut toujours te céder.

MORÉNO *Achevant sa lecture:*

Hé bien, que faites-vous donc ?

GUSMAN.

Rien, mon père ; c'est Laure qui me gronde.

MORÉNO

Elle n'a pourtant pas l'air d'être fâchée.

ELVIRE, *voulant détourner la conversation.*

Mon père que vous apprend cette lettre ?

MORÉNO

Elle m'annonce que l'élection d'un nouvel Alcade doit avoir lieu ce soir, et l'on m'invite à me rendre dans deux heures à l'hôtel-de-ville pour donner ma voix.

GUSMAN

Ah ! c’est aujourd’hui ?

LAURE, *avec joie.*

Bon , bon , demain grande fête ! nous mettrons nos plus beaux habits, nous danserons...

ELVIRE

Et suivant l’usage, nous irons, ainsi que tous les villageois, chez le magistrat ; nous lui présenterons des fleurs.

GUSMAN.

On rira , on boira , on chantera jusqu’au jour suivant.

MORÉNO

Si cette fête ressemble à celle de la dernière élection , elle sera brillante. Mais, Gusman , n’avais-tu rien autre à me dire , lorsque tu es arrivé ?

GUSMAN

Si vraiment : j’ai vu les troupes à un quart de lieue du bourg, elles ont fait halte ; quel coup-d’œil ! six cens hommes en bataille, c’était superbe !

LAURE, *piquée.*

Oh ! oui , ça devait être superbe !

GUSMAN

Magnifique ! je suis revenu avec eux en marchant au pas , au son des tambours et de la musique militaire : on est maintenant occupé à distribuer les billets de logement. Mon père, vous aurez sans doute quelqu’officiers.

MORÉNO

Je les recevrai de mon mieux. Je fus soldat jadis ; j’ai servi vingt ans, et je sais ce qu’on doit aux gens de guerre. (*aux paysans*) Holà ! vous autres, enfermez toutes ces gerbes ; je crains quelques dégâts de la part des troupes qui vont traverser le pays. La discipline qu’on leur fait observer est sévère ; mais le mal se fait bien vite , et il est prudent de le prévenir. (*Tous les payans se lèvent et transportent les gerbes dans une grange.*)

LAURE, *à Elvire.*

La présence de ces soldats va décider Gusman à s’engager.

ELVIRE

La fête de l’Alcade le détournera de cette idée.

LAURE, *avec dépit.*

Tu as entendu avec quel feu il a parlé de ces troupes.

MORÉNO

Qu’as-tu donc encore, tu parais contrariée ?

LAURE

C’est vrai, mon oncle ; je m’étonne qu’avec votre fortune et le crédit que vous avez près du Roi, vous ne vous affranchissiez pas des logemens militaires.

GUSMAN

Et pourquoi s’en affranchir ? n’est-ce pas un devoir d’accueillir les braves qui défendent notre patrie et nos propriétés ?

MORÉNO.

Gusman a raison. Je sais qu'en acceptant les lettres de noblesse
que le Roi daigna m'offrir, à Séville, dans son palais, je me serais exempté de toute servitude ; mais pourquoi mettre un prix à
mes services, ou me parer d'un vain titre que je ne devrais qu'à
mes richesses ; je veux, je dois contribuer à toutes les charges de
l'Etat ; et me soustraire si facilement aux impôts qui me sont ré-
partis, serait me faire honte à moi-même.

GUSMAN, *avec vivacité.*

Mon père, j'apperçois un soldat.

LAURE.

Il vient ici.

ELVIRE, *à part, avec émotion.*

C'est l'uniforme du régiment de Don Alphonse.

SCENE IV.

Les Précédens. OVIEDO, *portant une valise et tenant un papier.*

OVIÉDO.

Je suis porteur d'un billet de logement, qui vous est je crois
adressé.

MORÉNO, *lisant.*

Oui mon brave, soyez le bien venu.

OVIEDO, *posant la valise.*

En ce cas, je vais prévenir mon capitaine ; il me suit.

ELVIRE.

Votre capitaine ?

OVIEDO. *examinant Elvire.*

Oui, mademoiselle ; c'est le fils de notre général. (*à part.*) Il
ne peut être mieux partagé, un hôte riche et de jolies femmes !

ELVIRE, *à part.*

Le fils d'un général !

MORÉNO, *à Gusman.*

Qu'on prépare un appartement pour le capitaine. (*à Oviédo*)
Allez lui dire que nous ferons tout pour le bien recevoir.

OVIEDO.

J'y cours.   (*Gusman et Oviédo sortent.*)

SCENE V.

MORÉNO, ELVIRE, LAURE.

MORÉNO.

Mes enfans, la décence exige que vous ne paraissiez point devant
des militaires.

Le Rapt.   B

ELVIRE.

Notre projet était de vous demander cette grâce, mon père. La présence de ces messieurs n'a rien d'agréable pour nous, et nous allons nous enfermer jusqu'à leur départ, dans la chambre de ma cousine.

LAURE.

Et si ces soldats ne partaient que demain soir ou après demain, est-ce que nous serions privées d'assister à la fête ?

MORENO.

Non, mes enfans ; si ce détachement séjourne, l'élection de l'alcade n'en sera que plus belle, et je vous conduirai moi-même.

LAURE.

Me voilà tranquille.

MORENO.

Retirez-vous. J'aperçois ce sergent et son capitaine.

ELVIRE, *s'approchant de son père.*

Effectivement. (*à Laure avec émotion.*) Je ne me trompe pas, C'est lui !

MORENO.

Qui donc ?

ELVIRE *troublée.*

L'officier qui doit loger ici. (*à sa cousine*) C'est Don Alphonse.

MORENO, *brusquement.*

Petite curieuse, avez-vous assez regardé ?

LAURE.

Viens-donc, Elvire.

ELVIRE.

Ah! ma chère Laure, je l'ai bien reconnu. (*Elles sortent. Oviédo qui précède Don Alphonse, paraît, il les voit entrer dans la chambre de Laure, dont elles ferment la porte.*)

SCENE VI.

DON ALPHONSE, MORENO, OVIEDO.

D. ALPHONSE, *dans le fond du théâtre.*

Oviédo, c'est donc ici que je suis logé ?

OVIEDO.

Oui, capitaine ; D. Sanche de Zamora, votre père, n'est, j'en suis certain, pas mieux partagé.

MORENO, *à part.*

D. Sanche ! (*allant au-devant d'eux.*) Je me félicite d'avoir l'honneur de loger chez moi le fils du Mars de l'Espagne. Les exploits du général, les vôtres, sont venus jusqu'à moi, et le nom de D. Alphonse est déjà célèbre....

D. ALPHONSE.

Je ne pensais pas être connu de vous.

MORENO.

M. le capitaine, un vieux militaire connaît tous les braves.... Mais, pardon, j'oublie qu'après les fatigues de la route, le repos est nécessaire; et si vous le désirez, je vais vous conduire dans l'appartement que je vous ai fait préparer.

OVIEDO, *montrant la chambre de Laure.*

(*A part.*) Elles sont là. (*à D. Alphonse.*) Demandez pour raison à rester ici.

D. ALPHONSE.

Je vous suis obligé de votre attention. Cet endroit me plaît, ce point de vue est flatteur; permettez que je me repose en ce lieu quelques minutes.

MORENO.

A votre aise, mon officier; vous devez avoir besoin de vous rafraîchir; je vais vous envoyer ce qu'il vous faut. (*il sort.*)

SCENE VII.

Don ALPHONSE, OVIEDO.

D. ALPHONSE.

Cet homme s'énonce avec une aisance....

OVIEDO.

D'après les informations que j'ai prises, j'ai su que notre hôte était en même temps et le plus riche fermier, et l'homme le plus spirituel du bourg; mais, monsieur, ce dont je suis certain, c'est qu'il a chez lui un trésor inappréciable.

D. ALPHONSE.

Que veux-tu dire?

OVIÉDO.

Deux filles charmantes; l'une d'elles surtout, est d'une rare perfection : je l'ai vue.

D. ALPHONSE *riant.*

Oui, oui, j'entends, une grosse paysanne au teint rembruni, aux manières gauches.

OVIEDO.

C'est une perle, vous dis-je! il n'y a pas une femme à Madrid, à Séville, qui ne voulût avoir sa taille, sa figure. Rappelez vous, donc, capitaine, qu'une villageoise, que vous vous obstiniez, il est vrai, à prendre pour une dame de qualité, malgré l'aveu qu'elle vous a fait de sa naissance; vous a tourné la tête au point que vous m'en parlez presque tous les jours.

D. ALPHONSE.

Ah! depuis que j'ignore où elle a porté ses pas, je sens que je l'aime encore davantage.

OVIEDO.

Vous ne croyez donc point à la révélation qu'elle vous a faite sur sa famille ?

D. ALPHONSE.

C'était une ruse ; et quand elle m'aurait dit la vérité, Dona
Elvire, simple villageoise ou d'un rang illustre, est pour moi la
même personne ; c'est un ange de beauté, tu ne la connais Oviédo,
que d'après les rapports que je t'en ai faits. Ah! si tu l'avais vue
mais je puis te montrer son portrait, c'est l'ouvrage de ma parente, hier, Donna Bella en fit pour moi le généreux sacrifice.
Il est là ... là, sur mon cœur. Tu vas voir si la belle que tu
me vantes. (*Il prend le portrait qu'il cache aussitôt.*) Quelqu'un
s'approche...

OVIEDO.

Peste soit de l'importun.

SCENE VIII.

Les Précédens, GUSMAN, Garçons de ferme.

(Les garçons de ferme apportent du vin et des fruits.)

GUSMAN.

Monsieur le capitaine me permettra-t-il d'avoir l'honneur de lui
verser à boire.

D. ALPHONSE, *bas à Oviédo.*

Le frère me donne une haute idée de la sœur.

OVIEDO, *à demi-voix.*

Vous pouvez vous en rapporter à moi, je m'y connais.

GUSMAN, *à part.*

Ils se parlent bas, je les gêne, sans doute, sortons·(*Haut.*)
Vous n'avez rien à m'ordonner, messieurs ?

OVIEDO.

Puisque vous êtes si obligeant, mon capitaine désirerait que
vous lui donnassiez cette chambre. (*Il désigne celle où les jeunes
personnes sont enfermées*) Si vous pouvez en disposér ; le point
de vue doit être admirable de ce côté, et comme il aime pas-
sionnément à dessiner le paysage. .

D. ALPHONSE, *à Oviédo.*

Quelle idée! pourquoi veux-tu ?...

OVIEDO, *à demi-voix.*

J'ai des motifs.

GUSMAN, *à part.*

C'est là qu'Elvire et Laure se sont retirées. (*haut.*) Cette piéce
n'est pas habitable.

OVIEDO.

Des militaires sont peu difficiles.

GUSMAN.

Je ne pense pas qu'elle puisse vous convenir.

OVIEDO.

Au contraire, elle nous conviendrait parfaitement.

(13)

GUSMAN, *à part.*

Pourquoi insistent-ils? (*haut.*) Je vous le répète, messieurs, elle n'est pas disposée...

D. ALPHONSE.

En ce cas, n'en parlons plus; je me rendrai où votre père a désigné mon logement.

OVIEDO, *à part.*

Et vous aurez tòrt.

GUSMAN, *à part.*

En voudraient-ils à ma cousine, à ma sœur?

OVIEDO, *à D. Alphonse.*

Vous ne verrez point les filles de Moréno.

D. ALPHONSE, *d'un air dédaigneux.*

Le grand malheur, vraiment!

GUSMAN.

Serviteur, messieurs.

OVIEDO, *brusquement.*

Serviteur. (*à D. Alphonse.*) C'est là qu'on les a enfermées.

D. ALPHONSE.

Et que m'importe puisqu'on ne veut pas...

GUSMAN, *à part, après avoir examiné D. Alphonse et Oviédo.*

Mon père est au jardin, hâtons-nous de le prévenir. (*Il sort.*)

SCENE IX.

DON ALPHONSE, OVIEDO.

OVIEDO.

En vérité, mon capitaine, je ne vous reconnais plus, quoi! vous n'êtes pas plus curieux que cela? Moi, je ne renonce pas si facilement au désir de voir le portrait enchanteur de votre belle.

D. ALPHONSE, *tirant le portrait de son sein.*

Regarde et dis-moi si jamais rien de plus parfait s'offrit à tes regards.

OVIEDO, *avec surprise.*

Eh! mais, ce portrait....

D. ALPHONSE.

T'enchante!

OVIEDO.

C'est singulier, les mêmes yeux, le même nez, la même bouche, jusqu'aux cheveux noirs.

D. ALPHONSE.

Que diable dis-tu donc?

OVIÉDO.

On aurait voulu peindre la fille de Moréno, qu'on n'aurait pas mieux réussi.

D. ALPHONSE.

Qu'elle plaisanterie !

OVIÉDO.

Je parle très-sérieusement. Au costume près, il n'y a pas la moindre différence. (*Il va regarder à travers la serrure de la chambre.*) Corbleu ! si je pouvais l'apercevoir et vous convaincre.

D. ALPHONSE.

Décidément tu deviens fou.

OVIÉDO.

Pas plus que vous, capitaine. Eh ! j'y songe ; si Dona Elvire était réellement une paysanne, et que le hasard nous eût amené chez son père.

D. ALPHONSE, *hors de lui.*

Vraiment tu crois que cette jeune fille...

OVIÉDO.

Ou c'est Dona Elvire, ou jamais on ne vit une ressemblance plus frappante.

D. ALPHONSE, *avec transport.*

Ah ! mon ami, mon cher Oviédo ! l'espoir que tu me donnes me rend d'une impatience... Je retrouverais Elvire ! Je ne me sens pas de joie !

OVIÉDO.

Je ne vous réponds pas que ce soit elle.

D. ALPHONSE.

Qu'importe ! puis-je rester dans l'incertitude où tu m'as jeté ? Non, non, je ne quitte plus cette maison : je veux voir celle qui l'habite.

OVIÉDO, *se grattant le front.*

Comment y parvenir ? on a le dessein de soustraire ces jeunes filles à nos yeux.

D. ALPHONSE.

Et ton esprit, si fertile lorsqu'il s'agit d'intrigues, ne trouvera aucun moyen de satisfaire mes désirs ? Mon cher Oviédo, il y va du bonheur de ma vie !

OVIÉDO, *avec joie.*

Vivat, capitaine, vivat ! nous verrons les prisonnières ; nous les verrons : mon projet est immanquable.

D. ALPHONSE.

Quel est-il ?

OVIÉDO, *vivement.*

Le voici. Il faut feindre d'être fort encolère contre moi, je fuirai ; vous mettrez l'épée à la main, vous me poursuivrez. Je me jetterai comme par hasard contre cette porte, qui ne me paraît pas assez solide pour résister à la violente secousse que je lui donnerai ; j'entrerai dans la chambre, vous courrez sur mes pas, et notre but sera rempli sans qu'on puisse blâmer notre conduite.

D. ALPHONSE.

A merveille! que je t'embrasse, mon ami!

OVIÉDO.

Ne m'étouffez pas, capitaine, et commençons, (*très-haut.*) Vive Dieu! c'est indigne de traiter ainsi un brave militaire! (*bas*) mettez donc les armes à la main.

D. ALPHONSE, *sur le même ton qu'Oviédo.*

Comment, coquin, tu oses prendre ce ton-là avec ton supérieur?

OVIÉDO.

Supérieur tant qu'il vous plaira. (*bas.*) Attaquez vigoureusement.

D. ALPHONSE.

Encore!... Tais-toi, misérable!

OVIÉDO, *bas.*

Bien! bien! (*haut.*) prétendez-vous m'imposer silence?

D. ALPHONSE.

Je vais t'apprendre à me manquer de respect.

OVIÉDO.

—Je ne vous crains pas.

D. ALPHONSE.

Tu me défies! Défends-toi, scélérat, ou tu es mort.

OVIÉDO, *à demi-voix.*

A merveille! (*Il court se jeter contre la porte qu'il enfonce. Don Alphonse le poursuit dans la chambre de Laure.*) Au secours! au secours! je suis perdu!.... ah! mesdames, sauvez-moi.

SCENE X.

Les Précédens, ELVIRE, LAURE.

(*On entend un cri. Elvire et Laure sortent effrayées; Oviédo, qui les suit, se jette aux genoux de Don Alphonse, qui feint de vouloir le frapper.*)

LAURE, *à Don Alphonse.*

Arrêtez, monsieur, je vous demande sa grâce.

ELVIRE, *très-émue.*

Ne la refusez pas.

D. ALPHONSE, *avec une joie immodérée, et laissant tomber son épée.*

Elvire! ô bonheur!... mais est-ce bien vous que je revois? Ah! parlez, parlez, je n'ose croire à ma félicité!

ELVIRE, *troublée.*

Modérez-vous, Don Alphonse. (*à part.*) Je suis dans une agitation!

D. **ALPHONSE**, *hors de lui.*

Oviédo , c'est elle , c'est elle , c'est Dona Elvire !

OVIÉDO , *riant.*

(*à part*) J'en étais sûr. (*haut.*) Ma grâce est accordée.

D. ALPHONSE.

Pardonnez-moi la frayeur que je vous ai causée involontaire-
ment.

LAURE.

Je suis encore toute tremblante !

D. ALPHONSE.

Cruelle ! combien vous m'avez fait souffrir !

ELVIRE.

Ce jour ne fera qu'augmenter vos maux et les miens.

D. ALPHONSE.

Quoi ! lorsque je vous retrouve ?...

ELVIRE.

En vous révélant ma naissance , j'espérais voir s'éteindre votre
amour.

D. ALPHONSE.

Et que m'importe votre naissance ! n'est-ce pas Elvire que
j'adore , que je revois ?

LAURE, *effrayée.*

J'entends mon oncle !

ELVIRE.

Contraignez-vous , Don Alphonse.

OVIÉDO.

Allons , capitaine , du sang froid.

(*Gusman et Moréno entrent en scène.*

SCENE XI.

Les Précédens, MORÉNO, GUSMAN.

MORÉNO , *avec étonnement.*

Que signifie tout ceci , ma fille ? ma nièce, que faites-vous en
ces lieux ? pourquoi cette porte....

ELVIRE , *embarrassée.*

Mon père....

LAURE , *de même.*

Mon oncle , une dispute....

D. ALPHONSE, *d'un air confus.*

Je suis au désespoir, monsieur, de n'avoir pu maitriser ma colère; ce soldat m'a poussé à bout.

GUSMAN , *à son père.*

C'est une ruse, j'en suis sûr.

MORÉNO, *d'un ton railleur.*

Votre colère ! elle a été promptement calmée.

D. ALPHONSE.

Dès que j'ai vu ces dames, l'admiration a dû remplacer le courroux.

GUSMAN.

Vous eussiez pu sentir, monsieur, que ce n'était pas répondre à la manière honnête avec laquelle on vous a reçu, que d'enfoncer une porte pour satisfaire une coupable curiosité.

MORÉNO, *sévèrement.*

Taisez-vous, Gusman.

ELVIRE.

Ces messieurs ne nous ont point offensées.

LAURE.

Oh ! mon dieu, non ; ils ont été fort polis, au contraire.

D. ALPHONSE, *à Gusman.*

Convenez du moins que si nous eussions eu le dessein que vous nous supposez, nous serions excusables ; c'est outrager la nature, que de soustraire son plus parfait ouvrage aux regards de la société.

ELVIRE, *à Laure.*

Il va nous trahir !

LAURE.

J'en ai peur.

MORÉNO.

Vous êtes galant, M. l'officier ; mais permettez-moi de vous faire observer que vos réflexions sont ici déplacées ; mes enfans ne sont point nés pour le grand monde, et si je les en éloigne, c'est la prudence et leur bonheur qui l'exigent.

D. ALPHONSE.

Comme père, vous avez raison ; mais si vous étiez à ma place, vous penseriez comme moi.

MORÉNO, *à Laure et a Elvire.*

Retirez-vous, mesdemoiselles.

GUSMAN.

Un soldat dirige ses pas de ce côté.

(*Au moment où Moréno et les deux femmes vont sortir, le Soldat se présente ; il est bientôt suivi du général et de quelques gardes.*)

SCENE XII.

Les mêmes, DON SANCHE, un Soldat, Gardes.

LE SOLDAT, *à D. Alphonse.*

Je vous trouve à propos, Capitaine. Monsieur votre père, informé que vous logiez dans cette ferme, désire vous voir.

D. ALPHONSE, *consterné.*

Mon père !

Le Rapt.   C

MORÉNO.

Le général !

GUSMAN, *à part.*

Il nous fera justice.

LE SOLDAT.

Le voici

OVIÉDO.

Il y aura du grabuge ! gare, gare, Oviédo !

(*D. Sanche arrive en boîtant ; il est suivi de quelques soldats. Son entrée empêche la sortie de Moréno et des jeunes filles.*)

D. SANCHE.

Tu as été plus heureux que moi, D. Alphonse ; on t'a donné un logement dès ton arrivée, le mien n'est pas encore prêt.

D. ALPHONSE.

Je ne puis me plaindre de ce contre-temps, mon père, puisque je lui dois votre visite.

D. SANCHE, *montrant Moréno et sa famille, qui s'inclinent.*
Voici tes hôtes ?

D. ALPHONSE.

Oui, mon père, et vous voyez qu'on ne pouvait faire un choix plus heureux !

GUSMAN, *à part.*
Il n'en est pas de même pour nous.

D. SANCHE.
Ces demoiselles sont charmantes !

D. ALPHONSE, *avec vivacité.*
Vous trouvez, mon père ?

D. SANCHE.
C'est là toute votre famille, Moréno ?

MORÉNO, *avec humeur.*
Oui, monseigneur. (*à ses filles.*) Saluez M. le général, et retirez-vous.

D. SANCHE.
Pourquoi donc éloigner ces jolies personnes ?

MORÉNO.
Monseigneur, leur présence est ici fort inutile. Allez.

ELVIRE.
J'obéis, mon père.

(*D. Alphonse la regarde tendrement ; Elvire baisse les yeux, cherche à cacher son trouble, et sort avec Laure.*)

D. SANCHE.
Je remarque un air d'embarras sur toutes les figures,...

SCENE XIII.

Les précédens, *excepté* ELVIRE et LAURE.

D. SANCHE.

Que signifie donc la consternation que ma présence semble faire naître ici ? (*Examinant Don Alphonse.*) Don Alphonse, qu'avez-vous fait de votre épée ?

D. ALPHONSE, *embarrassé.*

De mon épée ?

OVIÉDO, *à part.*

Voilà le moment de la crise !

D. SANCHE.

Pourquoi n'est-elle point dans son fourreau ? (*l'apercevant près de la chambre de Laure.*) La voici, je la reconnais ; qu'est-ce que cela signifie, mon fils ; avec qui avez-vous eu dispute ?

D. ALPHONSE.

Une misère.....

D. SANCHE.

Une misère, morbleu ! je veux savoir....... Eh bien, me répondra-t-on ?

GUSMAN.

Monsieur, c'est.......

MORÉNO.

Ce n'est rien.

OVIÉDO *avec crainte.*

Rien, absolument, rien, général.

D. SANCHE *brusquement.*

C'est....ce n'est rien....est-ce répondre à ma question Ventrebleu ! de quoi s'agit-il ?

OVIEDO, *à Don Alphonse.*

Prenez garde à ce que vous allez dire.

D. SANCHE.

Parlerez-vous ? n'est-ce pas assez d'être contrarié par ma maudite jambe, que je puis à peine traîner, sans me faire encore donner au diable ? qu'on me dise la vérité.

D. ALPHONSE, *troublé.*

Un soldat m'a forcé de mettre l'épée à la main pour punir son insolence ; il se sauvait dans cette chambre, deux demoiselles en sont sorties, et......

D. SANCHE.

Et je suis venu fort à propos pour rétablir le bon ordre. Où est le soldat qui a mis son capitaine dans le cas de tirer l'épée contre lui ?

OVIEDO, *à part.*

Aïe ! aïe ! je vais payer pour tous.

GUSMAN, *montrant Oviédo.*

Le voici, général.

D. SANCHE, *à ses gardes.*

Qu'on le passe par les baguettes.

OVIÉDO, *effrayé.*

Par les baguettes !

D. ALPHONSE, *bas.*

Ne dis mot, sois tranquille. (*haut.*) Oviédo vient d'obtenir sa grâce : je n'ai pu résister aux prières de ces dames ; vous ne punirez point une offense que j'ai pardonnée.

D. SANCHE.

Je ne connais que la discipline.

MORÉNO.

M. le général, je le crois moins coupable qu'il ne paraît l'être. Mon fils a remarqué certaine intelligence entre lui et son capitaine.

D. ALPHONSE.

Vous êtes dans l'erreur, Moréno.

GUSMAN.

Non, monsieur, les instances de votre sergent pour entrer dans cette chambre, où étaient ma cousine et ma sœur prouvent que ce n'est pas sans un dessein prémédité que vous en avez enfoncé la porte.

D. SANCHE.

Hernidié ! mon fils, seriez-vous capable d'une telle conduite.

D. ALPHONSE.

Je le répète, mon père : un différent entre Oviédo et moi a causé le trouble dont on se plaint. Peut-être me suis-je emporté trop légèrement.

D. SANCHE. *à part.*

Ces braves gens pourraient bien avoir raison. (*haut.*) Que les conjectures de Moréno soient bien ou mal fondées, sa maison ne sera plus ni le théâtre de vos étourderies, ni le lieu de vos querelles. (*à Moréno.*) Rendez-moi le billet de logement de mon fils.

MORÉNO, *le tirant de sa poche.*

Le voici, général.

(*Don Sanche écrit quelques lignes sur ce billet, avec le crayon de ses tablettes.*)

OVIÉDO, *à part.*

Quel est son dessein ?

D. ALPHONSE.

Voudrait-il m'éloigner ?

D. SANCHE, *à son fils.*

Allez chercher un autre logement. Moi, je reste ici.

D. ALPHONSE.

Comment, mon père !

D. SANCHE.

Point de réplique : la tranquillité de Moréno exige cette mesure.

MORÉNO.

Général, je vous remercie.

D. ALPHONSE, *à part.*

Funeste contre-tems !

OVIÉDO.

Nous reviendrons.

GUSMAN.

Enfin, ils vont partir.

D. SANCHE. *sévèrement.*

Eh bien ! m'a-t-on entendu ?

OVIÉDO.

Général, puisque vous restez ici, permettez-moi de vous demander quel nombre d'hommes il faut vous envoyer pour votre garde ?

D. SANCHE.

Je n'ai besoin de personne : je ne veux point exposer ces jeunes filles à de nouveaux dangers.

OVIÉDO.

Cependant général, pour transmettre vos ordres...

D. SANCHE.

Quelqu'un de la maison les portera au logement militaire le plus voisin.

GUSMAN.

Général, je vous demande la préférence.

D. SANCHE.

J'accepte votre offre. (*à Don Alphonse.*) Allez.

D. ALPHONSE.

Adieu, mon père.

D. SANCHE, *brusquement.*

Bonsoir, monsieur, bonsoir.

GUSMAN.

Assurons-nous de leur sortie de la ferme.

(*Don Alphonse et Oviédo sortent. Gusman les suit.*)

SCENE XIV.

Don SANCHE, MORENO.

(*La nuit vient par dégrés. Les garçons de ferme apportent des flambeaux.*)

D. SANCHE.

Ventrebleu ! j'ai été tenté de faire mettre ces deux étourdis aux arrêts.

MORÉNO.

On les garde souvent pour des fautes moins graves.

D. SANCHE.

Si j'étais arrivé plutôt...

MORÉNO.

Vous eussiez été témoin d'une scène dans laquelle ma modération m'a beaucoup étonné; car je ne suis pas endurant.

D. SANCHE.

Ni moi.

MORENO.

Je vous l'avoue, général, le parti que vous venez de prendre en renvoyant votre fils, m'a tiré d'un fort mauvais pas.

D. SANCHE, *prenant une chaise et s'asseyant.*

D'un mauvais pas, dis-tu ?

MORENO, *prenant un fauteuil, et se plaçant en face de Don Sanche, qui le regarde avec étonnement.*)

Oui, le début promettait...

D. SANCHE.

Que veux-tu dire ?

MORENO.

Il existe quelquefois un enchaînement de circonstances, qui impose le devoir de périr ou de se venger d'une insulte; et si votre fils avait continué. . .

D. SANCHE.

Qu'aurais-tu fait ?

MORENO.

Je serais mort ou j'aurais tué celui qui violait si indignement l'hospitalité.

D. SANCHE.

Sais-tu, morbleu! que Don Alphonse est capitaine, qu'il est mon unique espoir?

MORENO.

Et morbleu! fut-il général, ce serait la même chose.

D. SANCHE.

Hernidié! apprends que quiconque arracherait seulement un cheveu au dernier de mes soldats, serait pendu sans miséricorde.

MORENO,

Hernidié! si quelqu'un m'insultait, je le pendrais moi même sans balancer.

D. SANCHE.

Tu ne sais donc pas que tu es obligé de tout souffrir.

MORENO.

Qu'on prenne mon bien, je ne dirai mot, ma vie, ma fortu ne sont à l'état, on peut en disposer, mais de mon honneur jamais.

D. SANCHE.

Corbleu je crois que tu as raison.

MORENO.

Et oui corbleu, j'ai raison.

(25)

D. SANCHE, *se frottant la jambe.*

Ahïe ! Ahïe ! quelle souffrance !

MORENO.

Qu'avez vous donc ?

D. SANCHE.

Une maudite jambe que le diable m'a donnée je crois.

MORENO.

Il est facheux que le diable vous ait donné une mauvaise jambe, mais j'ai un bon lit à vous offrir.

D. SANCHE.

Et ventrebleu ! je n'en puis profiter, quand j'ai de semblables douleurs , il faut que je veille et que je reste assis comme tu me vois car la chaleur du lit, m'incommode.

MORENO.

Ventrebleu ! j'avoue qu'il y a de quoi se damner.

D. SANCHE, *à part.*

Ce paysan jure presqu'aussi fort que moi.

MORENO.

Général! puisque vous ne pouvez vous livrer au sommeil, je veux vous tenir compagnie, si cela vous plait cependant.

D. SANCHE.

Comment tu pousserais la complaisance jusqu'à te priver de repos ?

MORENO.

Je sens que votre mal de jambe m'empêcherait de dormir.

D. SANCHE.

Aurais tu l'intention de me railler ?

MORENO.

Vous railler, quand vous êtes souffrant, ah ! Don Sanche vous connaissez bien peu le cœur de Moréno !

D. SANCHE.

Tout ce que je vois, tout ce que j'entends est si étrange... Il n'y a qu'un moment que tu jurais en faisant un bruit infernal, tu te conduisais comme un rustre.

MORENO.

C'est vrai ! mais vous même général n'étiez vous pas d'une brusqerie....

D. SANCHE.

Tu t'es assis devant moi dans ce fauteuil et sans que je te le disse.

MORENO.

Je suis chez moi général, vous agissiez sans gêne : ne pouvais-je pas vous imiter ?

D. SANCHE.

Mais enfin pourquoi es-tu raisonnable , compatissant, tandis que tout-à l'heure ?

MORENO.

Tel est mon caractère, je réponds toujours sur le ton dont on me parle, je jure avec celui qui jure, je ris avec celui qui rit, enfin

je suis toujours de moitié dans ce que je vois faire, (*allant au fond
du théâtre.*) Gusman.

GUSMAN, *dans la coulisse.*

Mon père !

MORENO.

Fais servir à souper au général.

GUSMAN.

Il suffit mon père.

D. SANCHE.

Comment, tu veux aussi me traiter ?

MORÉNO.

Oui, Général, je n'ai point à vous offrir un repas digne de
vous, mais j'ai d'excellens vins, le Roi peut-être n'en boit pas de
meilleurs, et il doit être permis à un vieux militaire de vous faire
vider quelques flacons, le tems, les douleurs, se passent en bu-
vant... On vient, vous voyez, D. Sanche, que mes ordres sont
aussi vîte exécutés que ceux que vous donnez à vos soldats, j'ai su
discipliner ma maison.

D. SANCHE.

Je m'en aperçois. (*à part*) Le drôle d'homme.

SCÈNE XV.

Les Precédens, Garçons de ferme.

*Les garçons de ferme apportent une table somptueusement servie,
il n'y a qu'un verre et un couvert.*

D. SANCHE.

Un couvert ; je n'aime pas à manger seul, Moréno, je veux
avoir le plaisir de partager ce repas avec toi et ta famille.

MORÉNO.

Nous ne sommes pas dignes d'un tel honneur.

D. SANCHE.

Comment morbleu ! tu me refuses, tu as donc l'envie que je te
refuse aussi ton souper ?

MORÉNO, *aux garçons de ferme.*

Dites à Gusman, à ma fille et à ma nièce, de venir ici, et ap-
portez quatre couverts.

D. SANCHE *à part.*

L'aisance qui règne dans cette maison, le caractère, le nom de
cet homme, tout me porte à croire que Moréno est ce fermier dont
on a tant parlé à la cour.

(*Les garçons sortent après avoir reçu les ordres de Moréno.*)

SCENE XVI.

MORENO, Don SANCHE.

D. SANCHE.

Moréno, tu n'as rien à redouter de ta complaisance ; je ne suis pas aussi dangereux que mon étourdi de fils.

MORÉNO.

Si tous les gens de guerre vous ressemblaient, Général, je n'aurais nulle inquiétude. Mais vous savez qu'avec des militaires, de jeunes filles ne sont pas en sûreté.

D. SANCHE *riant.*

Tu en as eu la preuve.

MORÉNO.

Ne parlons plus de cela, Général, voici nos convives.

SCENE XVII.

Les Précédens, ELVIRE, LAURE, GUSMAN, Garçons de ferme.

Les garçons de ferme placent les couverts sur la table et se retirent.

MORÉNO.

Approchez tous, M. le Général vous fait l'honneur de vous recevoir à sa table.

D. SANCHE (*voulant se lever et retenu par une douleur de jambe.*)

Dis plutôt à la tienne, voulez-vous, aïe, aïe! voulez-vous souper avec moi?

ELVIRE.

Nous devrions plutôt vous servir.

D. SANCHE.

Vous n'êtes point faits pour cela. Moréno, je sais que notre monarque te considère, qu'il t'a offert de lettres de noblesse.

MORÉNO.

Et vous savez aussi que je les ai refusées.

D. SANCHE.

Tu me permettras de te dire que tu as eu tort.

MORÉNO.

C'eut été vendre mes services, et ces titres n'ajouteraient rien à mon bonheur.... Mais, Général, songeons au souper.

D. SANCHE.

Tu as raison. Asseyez-vous, mesdemoiselles ; jeune homme, mettez-vous ici, Moréno, place-toi là : eh mais, voilà justement un repas de famille !

MORÉNO.

Je n'en aurai jamais fait d'aussi agréable.

Le Rapt..   D

D. SANCHE.

Ni moi, et je sens doubler mon appétit. Moréno, charge-toi des honneurs.

MORÉNO.

C'est l'ouvrage de ma fille, moi je verserai à boire...A votre santé, mon général.

D. SANCHE.

A la tienne, à celle de ton aimable famille !

GUSMAN.

A celle de notre Monarque.

TOUS.

Oui, à la santé de notre grand Monarque. (*ils boivent*)

SCENE XVIII.

Les Précédens, Don ALPHONSE, OVIEDO, Musiciens du régiment.

Pendant le repas , D. Alphonse et Oviédo traversent le fond du théâtre ; la musique du régiment les précède.

D. ALPHONSE *passant devant la grille.*
Toute la famille est à table.

OVIÉDO.
Si nous attendions un autre moment.

D. ALPHONSE.
Au contraire, le concert n'en fera que plus d'effet ; allons rejoindre nos musiciens.

SCENE XIX.

Don SANCHE, MORENO, ELVIRE, GUSMAN, LAURE.

D. SANCHE.

Tu es bien heureux, Moréno, ta fille, ta nièce sont charmantes, ton fils prévient en sa faveur. Je n'ai qu'un enfant moi ; tu le connais j'en suis fou, quoique je me montre envers lui sévère à l'excès, D. Alponse est un franc étourdi, un aimable vaurien.

ELVIRE *à part.*
Qu'entends-je ?

D. SANCHE.
Ce qui me flatte, c'est qu'il a un cœur excellent, et surtout beaucoup d'honneur.

ELVIRE *à part.*
Beaucoup d'honneur !

MORÉNO.
Ces deux qualités font oublier bien des défauts.

D. SANCHE.
A mon retour à Séville, je lui prépare une surprise ...

MORÉNO.

Une surprise ?

D. SANCHE.

Oui , je veux le marier.

ELVIRE *troublée.*

Le marier ?

D. SANCHE.

Cela vous étonne , vous le croyez trop jeune , trop léger.....

ELVIRE.

Je ne dis pas cela , Monsieur. (*à part.*) Que je souffre....

D. SANCHE.

Il se formera, sa fortune, son avancement, commandent cette alliance , la beauté que je lui destine est d'un rang illustre. Don Alphonse serait enchanté s'il connaissait mes projets. (*On entend préluder un air.*) Heim ! qu'est-ce que j'entends ; Moréno, tu me régales d'un concert ?

MORÉNO.

Non, vraiment, général , je n'ai chez moi d'autres musiciens que les oiseaux, et jamais ils ne chantent la nuit.

LAURE.

Mon oncle , c'est sans doute pour prévenir les habitans du bourg , de la nomination du nouvel alcade.

MORÉNO.

Tu m'y fais songer....et moi qui ne me suis pas rendu à l'hôtel-de-ville.

GUSMAN.

Je ne reconnais pas là les musiciens du bourg , ni les airs qu'ils jouent ordinairement ; je crois plutôt que ce sont des soldats qui se divertissent dans la rue.

D. SANCHE.

Cela pourrait bien être, je ferme les yeux sur de semblables bagatelles, sans ces petites libertés , les militaires auraient trop de peine à supporter les fatigues de la guerre... mais nous avons soupé.

(*Tout le monde se lève spontanément et reste en tableau dès le commencement du couplet suivant.*)

ROMANCE.

AIR. *nouveau de Monsieur* QUAISAIN.

DON ALPHONSE *dans la coulisse.*

PREMIER COUPLET.

Sans aimer peut-on être heureux,
Vivre sans aimer est ce vivre ?
Tout est plaisir quand on est deux,
Seul, partout l'ennuie doit nous suivre.
Aimer ! c'est soumettre son cœur,
Aux sages loix de la nature ;
Même en faisant une blessure
L'amour dispense une faveur.

(*Pendant ce premier couplet, chaque personnage doit exprimer la crainte, la surprise, la colère ou le dépit, suivant la situatio où il se trouve.*)

D. SANCHE, *à part.*

C'est mon fils !

ELVIRE *troublée.*

(*A part à Laure.*) Grand Dieu ! quelle imprudence ! cette conduite va nous trahir.

GUSMAN, *à son père.*

Ce chanteur est le capitaine.

MORENO.

Je le sais : silence, Gusman.

D. ALPHONSE

2e. COUPLET.

Réponds à mes brulants désirs
Entends ma voix dieu de cithère;
Vole sur l'aile des plaisirs,
Domter l'objet qui sait me plaire,
Quand pour Elvire, je ressens,

TOUS.

Elvire !

ELVIRE.

Il m'a nommée ! tout est perdu !

D. ALPHONSE

Un tendre penchant qu'elle ignore,
Dis-lui qu'en secret je l'adore,
Et répète lui mes sermens.

D. SANCHE, *à part.*

Qu'il chante, passe, mais nommer Elvire (*haut.*) quelle extravagance ! charmante enfant ! et toi Moréno, vous me voyez confondu, recevez mes excuses, et soyez persuadés que je souffre autant que vous de cette nouvelle incartade. Corbleu ! les chanteurs la paieront cher.

MORENO, *se contraignant.*

Si Don Sanche n'était pas là, comme je les étrillerais.

GUSMAN

J'étouffe de colère !

ELVIRE, *fort agitée.*

Quelle pénible situation !

D. SANCHE, *se levant avec peine.*

Morbleu ! si je n'étais pas aussi souffrant.

MOREÑO, *posant la main sur son cœur.*

Chacun sent ce qui le blesse.

D. SANCHE

Cela n'arrivera plus. Conduis-moi dans l'appartement que tu destinais à mon fils. Je vais donner des ordres pour que, dès l'anbe du jour, le détachement se mette en route. (*à part.*) J'ai grande envie d'aller guetter mon étourdi de le corriger.

MORENO

Je suis à vous, général. Gusman , prends un flambeau et montre-
nous le chemin. Vous, mesdemoiselles , rentrez.

ELVIRE

Oui mon père. (*elle rentre avec Laure.*)

SCENE XX.

Don ALPHONSE, OVIEDO.

D. ALPHONSE, *derrière la grille.*

Tout le monde s'est retiré.

OVIEDO

Les deux cousines sont entrées là , ne perdez pas de tems, es-
caladez ce mur.

D. ALPHONSE

Suis-moi. (*ils escaladent.*) On peut venir, prends garde à me
laisser surprendre.

OVIEDO , *sur le mur.*

Soyez tranquille... je me mets en faction.

D. ALPHONSE, *frappant à la porte de la chambre de Laure.*
Elvire , Elvire !

SCENE XXI.

Les Précédens ELVIRE.

ELVIRE, *entrouvrant la porte.*

Eh quoi ! c'est vous , monsieur, quelle imprudence ! Sortez d'ici,
sortez , je vous en conjure.

D. ALPHONSE

Elvire , daignez m'entendre.

ELVIRE

Non monsieur, je n'écoute rien.

D. ALPHONSE

Seriez-vous insensible à mon amour ?

ELVIRE

A votre amour ! je sais , monsieur , que vous devez bientôt for-
mer des liens dignes de vous et de votre famille.

D. ALPHONSE

Sortez de l'erreur qui vous abuse ; je vous jure que vous seule occupez ma pensée, que je n'aime et n'aimerai jamais que vous.

ELVIRE

Sermens inutiles, monsieur, le sort a placé entre nous une barrière éternelle.

OVIEDO

Capitaine, j'entends du bruit.

ELVIRE

De grâce évitez d'être apperçus, ou vous me perdrez.

(*Elle rentre et ferme la porte.*)

SCENE XXII.

DON ALPHONSE, OVIEDO.

OVIEDO, *vivement.*

C'est facile à dire.

D. ALPHONSE, *avec douleur.*

C'est donc là le prix de mon amour !

OVIEDO

Mon capitaine, nous ne pouvons remonter sans être surpris; quel parti prendre?

D. ALPHONSE

Eh ! le sais-je plus que toi ?

OVIEDO

Eteignons ces bougies, l'obscurité nous favorisera peut-être ? (*Il éteint celles qui sont sur la table.*) Entendez-vous marcher ?

D. ALPHONSE, *montrant le fond du Théâtre.*

Oui, de ce côté.

OVIEDO

Allons, allons, capitaine, un peu de présence d'esprit.

(*Oviédo et Don Alphonse marchent légèrement et cherchent à se cacher près de la table et derrière le fauteuil. Pendant cette scène, Don Sanche paraît au fond du théâtre.*)

SCENE XXIII.

Les Précédens, DON SANCHE, *marchant à tâtons.*

D. SANCHE

Je suis sorti incognito par une petite porte qui donne sur la campagne. Par la ventrebleu ! si j'avais vu roder mon fils autour de la maison, il aurait passé un mauvais quart-d'heure ; ce qui me contrarie, c'est que ma bougie s'est éteinte, et que je suis rentré sans pouvoir retrouver ma chambre. Que faire? Je ne voudrais cependant pas réveiller ces braves gens.

D. ALPHONSE

Je reconnais la voix de mon père.

OVIEDO

Nous sommes pris.

D. SANCHE

Si j'avais seulement une chaise.

OVIEDO, *au capitaine.*

Pour ne pas nous heurter contre lui, il serait prudent de ne plus changer de place. (*Ils vont se réfugier au fond du théâtre.*)

SCENE XXIV.

Les Précédens, MORENO.

MORENO, *paraît devant la grille ; il est armé et porte une lanterne sourde.*

Tout est tranquille au-dehors, je puis rentrer.

(*Don Sanche en marchant, rencontre la table et fait du bruit.*)

MORENO à demi-voix.

Hei ? le capitaine serait-il ici?

D. SANCHE, un peu haut.

Que diable est cela ?

MORENO

Ah! je le tiens, il paiera cher sa témérité. (*il ouvre doucement la grille.*

D. SANCHE

Une table garnie! c'est ici que nous avons soupé.

OVIEDO

Capitaine, on ouvre la grille.

D. ALPHONSE

Il faut en profiter.

D. SANCHE

Voici le fauteuil où j'étais assis. (*il s'assied.*) Dieu soit loué! j'attendrai le jour plus commodément.

(*Moréno entre sur la pointe du pied et pousse la grille sans la fermer, afin d'éviter le bruit. Oviédo qui est auprès, et à l'affut cherche à s'évader. Moréno, entendant quelqu'un, ouvre sa lan-*

terne et tire son épée. Oviédo et Don Alphonse évitent les endroits que frappe la clarté.)

MOREN O *avec fureur.*

Halte-là, traître; défends tes jours. (*Don Sanche étonné se lève précipitamment.*)

D. SANCHE

Hernidié ! qui va là ?

MORENO, *surpris.*

C'est Don Sanche ! Pardon, général, je vous prenais pour le chanteur.

D. SANCHE, *riant.*

Ah! ah! ah! je devine; tu viens de faire la chasse aux musiciens, moi de même, et n'ayant pu retrouver ma chambre, je me suis campé dans ce fauteuil.

MORENO

Il fallait appeler quelqu'un.

D. SANCHE

Un soldat s'accommode de tout.

(*Pendant cette scène, dont le dialogue doit être débité vivement, Oviédo ouvre peu-à-peu la grille : Chaque mouvement des personnages qu'il craint, l'inquiète et l'oblige à se cacher.*)

OVIEDO

Capitaine, nous pouvons décamper.

MORENO

Comment, général, malgré votre mal de jambe, vous êtes sorti ?

D. ALPHONSE, *en fuyant.*

Heureux hasard !

(*Oviédo tire doucement la grille sur lui et sort avec son maître.*)

D. SANCHE

J'oubliais mes douleurs, pour veiller à ta sûreté.

MORENO, *allant fermer la grille.*

Je vous reconnais bien là, mon général. Maintenant que tout est calme, venez prendre quelques heures de repos.

D. SANCHE

Quelques heures !. . . la nuit est trop avancée pour cela. Nous serons bien heureux, Moréno, si nous parvenons à fermer l'œil avant de nous lever.

(*Moréno offre son bras à Don Sanche, ils sortent.*)

Fin du premier acte.

ACTE II.

Le théâtre représente un jardin de la ferme de Moréno, à droite un pavillon et un bosquet, à gauche un corps de bâtiment. Une terrasse sépare le jardin de la campagne, qu'on voit dans le lointain.

SCENE PREMIÈRE.

DON SANCH *sortant du pavillon.*

Il y a plus d'une heure qu'il fait jour, et je n'ai pas encore entendu le signal du départ. Je gagerais que mon coquin de fils est pour quelque chose dans le retard dont je me plains.

(On bat la générale.)

Ah ! ah ! j'entends les tambours.

SCENE II.

Don SANCHE, OVIEDO.

OVIEDO.

Général, mon capitaine m'a chargé de vous prévenir qu'on n'attendait que vous pour se mettre en route.

D. SANCHE.

C'est bien !

OVIÉDO.

Vous n'avez rien à m'ordonner, Général?

D. SANCHE, durement.

Pardonnez-moi, M. le sergent.

ÓVIEDO, à part.

Quel air sévère. (*haut*) Je suis prêt à vous obéir.

D. SANCHE.

Hernidié ! je l'espère bien ; je vous ordonne, sous peine d'un emprisonnement de quinze jours, de me rendre compte sur-le-champ, de la conduite de mon fils et de la vôtre, depuis que vous avez changé de logement.

OVIEDO, avec une feinte assurance.

Rien de plus aisé, mon Général. D'abord nous nous sommes occupés à visiter le bourg.

D. SANCHE.

Ensuite ?

OVIÉDO.

Ensuite.... nous sommes rentrés à notre logement pour dormir, en attendant le signal du départ.

Le Rapt.   E

D. SANCHE.

C'est édifiant, corbleu! vous m'avez l'air de vouloir passer quinze jours au cachot.

OVIÉDO.

Général !

D. SANCHE.

Je déteste le mensonge ; mon fils est venu chanter sous les fenêtres de la ferme, vous deviez être avec lui?

OVIÉDO *à part.*

Ça va mal, (*haut*) il est vrai, Général.

D. SANCHE.

He bien ! pourquoi ne le disiez-vous pas ?

OVIEDO.

La crainte d'exciter votre colère....

D. SANCHE.

Vous saviez donc qu'une telle conduite devait provoquer mon courroux ?

OVIEDO.

Nous n'avons fait aucun mal, monseigneur.

D. SANCHE.

Hernidié. monsieur, croyez-vous que je sois votre dupe. Quoi ! vous répondez à l'accueil honnête que vous font de braves gens, en employant tous les moyens de séduction envers une jeune fille sans expérience, dont la vertu est le plus précieux trésor, et vous appelez cela ne faire aucun mal. Ventrebleu, si nous ne quittions le bourg à l'instant même, vous vous seriez souvenus l'un et l'autre de cette incartade.

(D. Alphonse entre furtivement en scène.)

SCENE III.

Les Précédens, Don ALPHONSE.

D. ALPHONSE, *à part au fond du jardin.*

J'ai vainement parcouru la ferme, je n'ai pu voir Elvire.... Ciel, mon père et Oviédo !

D. SANCHE, *après un moment de réflexion.*

M. le sergent, voulez-vous regagner mon estime ?

OVIEDO.

Parlez, Général, tout me sera possible pour y parvenir.

D. SANCHE.

Allez trouver mon fils, dites-lui que je ne veux point le voir, que sa conduite m'a révolté ; que j'exige qu'elle soit désormais exemplaire. Apprenez-lui qu'ayant formé le projet d'unir sa destinée à celle de Dona Isabella, la plus riche personne de la cour ...

OVIEDO *surpris.*

Quoi ! seigneur, la fille de Don Pedre, du premier ministre Charles III ?

D. SANCHE.

Elle-même. Cette nouvelle va le combler de joie.

OVIEDO, *à part.*

Rien n'est moins certain. (*haut*) Mais si votre fils, peu disposé à contracter les liens du mariage....

D. SANCHE.

J'ai donné ma parole, j'entends être obéi...

OVIEDO.

Son cœur n'est peut-être pas libre.

D. SANCHE.

Tu crois. Hernidié ! s'il osait me résister.

OVIEDO *à part.*

Changeons de langage. (*haut*) Général, j'ai dit cela à tout hasard, je ne présume pas que mon capitaine refuse cette alliance, la fille de Don Pedre a une immense fortune.

D. SANCHE.

Et un rang illustre. Tu te charges donc de prévenir D. Alphonse, de lui dire qu'il s'observe d'avantage, que tous les yeux sont ouverts sur lui ; tu te doutes bien que le ministre fait surveiller sa conduite.

OVIEDO,

Cela doit être, Général, je vais de ce pas....

D. SANCHE.

Non, attends un moment, j'ai des dépêches à te remettre. (*Il entre dans le pavillon.*)

SCENE IV.

OVIEDO, Don ALPHONSE.

OV EDO.

Mon capitaine ne s'attend pas à cette alliance, en sera-t-il flatté, Dona Isabella est dit-on la femme la plus impérieuse, la plus acariâtre de Madrid.

D. ALPHONSE *frappant sur l'épaule d'Oviédo.*

Et par conséquent celle qui me convient le moins.

OVIEDO.

Vous étiez ici, capitaine ; qui peut vous y attirer ?

D. ALPHONSE.

Tu le demandes, et ces lieux sont habités par Elvire.

OVIEDO.

Vous l'avez vue ?

D. ALPHONSE.

Non, elle est sans doute dans l'autre partie de la ferme où je n'ai pu pénétrer.

OVIEDO.

Les communications sont interceptées, Capitaine, et si votre père ne logeait pas dans ce pavillon , nous ne fussions entrés dans la place que par ruse de guerre. A propos , le Général m'a chargé de vous sermoner.

D. ALPHONSE.

Je le sais , mais je t'avertis que tu prendrais une peine inutile , je suis trop épris d'Elvire.

OVIEDO.

Ceci tient de l'extravagance , D. Alphonse peut-il mettre en balance les charmes d'une jeune villageoise, assez attrayante j'en conviens....

D. ALPHONSE , avec feu.

Dis donc d'une beauté parfaite et dont je suis certain d'être aimé.

OVIÉDO.

Est ce au moment de partir de ce bourg , que vous devez rêver à vos amours.

D. ALPHONSE.

Partir de ce bourg , moi, quand j'ai retrouvé celle que j'adore, que je désirais de revoir depuis si long-tems , Oviédo , tu me connais bien peu.

OVIÉDO.

Le devoir, mon capitaine , le devoir vous ordonne d'obéir à monsieur votre père.

D. ALPHONSE.

Le devoir ! quel langage tiens-tu à l'amant le plus passionné, je trouverai quelque moyen de prolonger ici mon séjour.

OVIÉDO.

Je connais le général, ne vous exposez pas à sa colère , mais je crois l'entendre , et vîte, vîte , sortez.

D. ALPHONSE

Je vais t'attendre à mon logement , j'ai à te parler d'un projet , dont l'exécution doit assurer le bonheur de ma vie.

OVIÉDO.

Je vous rejoindrai bientôt.

(Don Alphonse sort.)

SCENE V.

OVIEDO, DON SANCHE.

OVIÉDO, voyant arriver le général.

Il était tems.

D. SANCHE , remettant des papiers à Oviédo.

Prends ces dépêches et cours les remettre à leur adresse, je ne partirai que dans une heure.

OVIEDO

Il suffit, mon général. (Il sort.)

SCENE VI.

DON SANCHE, *seul.*

Que peut me vouloir le fils de Moréno , et pourquoi vient-il me demander un entretien d'un air mystérieux? Don Alphonse se serait-il oublié au point d'outrager Élvire , non, l'air calme de son frère détruit cette idée....

SCENE VII.

DON SANCHE, GUSMAN.

GUSMAN, *à la porte du pavillon.*

Etes vous seul, monseigneur ?

D. SANCHE.

Oui , mon ami, approche et parle sans crainte , que veux-tu de moi ?

GUSMAN.

Une grâce !

D. SANCHE.

Une grâce !

GUSMAN.

Oui, monsieur le général, j'ai depuis long-tems le désir d'être soldat, la carrière des armes a mille charmes pour moi ; et je viens demander la faveur de marcher sous vos drapeaux.

D. SANCHE.

Quoi ! mon ami , tu consentirais à quitter ton père ?

GUSMAN.

Il m'en coûtera de me séparer de lui , de plus voir ma sœur, de plus dire à ma charmante cousine que je l'adore ; mais l'envie que j'ai de me distinguer l'emporte sur les affections de mon cœur, malgré cela, monsieur le général, je n'oublierai point ceux qui me sont chers, et si le ciel comble mes espérances, je reviendrai couvert de gloire offrir mes lauriers à mon père et à mon amie, que je me serai rendu digne d'obtenir.

D. SANCHE

Corbleu , tu m'enchantes , Gusman , tu feras un chemin rapide, je me charge de toi.

GUSMAN, *s'inclinant.*

Ah ! monseigneur , vous comblez tous mes vœux.

D. SANCHE.

Mais ton père consentira-t-il ?

GUSMAN.

Mon père a servi vingt ans, il ne s'opposera point à mes désirs.

D. SANCHE.

Quelqu'un vient.

SCENE VIII.

Les Mêmes, UN GARÇON DE FERME.

LE GARÇON.

Monseigneur, vos chevaux sont à la porte de la ferme.

D. SANCHE.

Très-bien.

LE GARÇON.

Notre maître demande s'il peut venir pour vous faire ses adieux.

D. SANCHE,

Oui, corbleu, il ne pouvait arriver plus à propos.

(*Le garçon sort.*)

D. SANCHE.

J'aurai du plaisir à lui annoncer que je me charge de toi.

SCENE IX.

Les Mêmes, MORENO, ELVIRE, LAURE.

MORÈNO.

Les apprêts de votre départ m'ont engagé, monsieur le général à venir ainsi que ma famille, vous souhaiter un bon voyage, et solliciter de vous l'honneur de vous recevoir à votre retour.

D. SANCHE.

Bon Monéro, comment reconnaître un semblable accueil.

GUSMAN.

D'après ce que vous faites pour moi, Don Sanche, mon père vous sera redevable.

ELVIRE, *avec inquiétude.*

Que dit-il ?

LAURE, *troublée.*

Qu'entends-je ?

MORÉNO, *avec surprise.*

Pour toi mon fils ?

D. SANCHE, *ayant observé tout le monde.*

Tu le vois, Gusman, chacun ici s'alarme et craint d'apprendre ta résolution ; mais, non je ne vous affligerai point mes amis, Gusman est libre encore.

MORÉNO.

Expliquez moi, de grâce...

GUSMAN.

Vous avez résolu, mon père, que je n'épouserais ma cousine que dans deux ans , et je sens que le chagrin que ce délai me cause, sera plus vif encore si je ne quitte la maison paternelle. Constamment auprès de Laure, mon amour s'accroît chaque jour, et et chaque jour je suis plus malheureux ; loin de vous, le bruit des

armes, le tumulte des camps, le désir d'acquérir de la gloire, oc-
cuperont tour-à-tour ma pensée sans altérer les sentimens de mon
cœur; toutes mes actions auront pour but de mériter de plus en
plus votre tendresse. Ah ! mon père, ma sœur et toi, ma chère
Laure, ne vous opposez point à mes projets, ils sont raisonnables;
M. le général daigne m'accorder sa protection....

LAURE.

Et vous êtes décidé à nous abandonner ?

D. SANCHE.

Gusman, je te retire ma parole, je ne veux piont faire verser
des larmes.

GUSMAN.

Mon père assurez à monsieur le général que mon départ n'af-
fligéra personne, donnez moi, votre consentement.

MORÉNO.

Tu devais me le demander avant la démarche que tu as faite
auprès de monsieur, as-tu bien réfléchi ?

GUSMAN.

Vous connaissez depuis long-tems mon désir.

LAURE.

Monsieur le général, Gusman ne fera jamais un bon soldat.

GUSMAN.

Qu'est-ce à dire, croyez vous que je sois indigne de servir mon
prince et mon pays.

D. SANCHE.

Son dépit m'amuse. Moréno, que pense-tu de tout ceci ?

MORÉNO.

S'il faut vous parler franchement, je crois qu'une ou deux
campagnes....

LAURE.

Et vous aussi mon oncle !

D. SANCHE.

Vous l'aimez donc bien ce cher cousin, vous rougissez Laure,
(*lui prenant la main.*) Confiez le moi pendant deux années seulement, je vous promets d'en avoir soin comme de mon fils; seriez
vous contente de le voir officier, cela dépend de moi ?

MORÉNO.

Gusman officier.

GUSMAN, *avec transport.*

Officier !

LAURE.

Oui, s'il le devenait sans quitter la ferme, mais...

D. SANCHE.

Mais, cela ne se peut pas : allons parlez belle enfant vous seule
avez maintenant le droit de vous opposer à son départ.

GUSMAN.

Ma chère Laure.

LAURE.

Vous m'oublierez, j'en suis bien sûre.

GUSMAN.

Jamais, jamais, songe au bonheur qui nous attend, à la gloire
que je puis acquérir, où tu ne m'aimes que pour toi, Laure, ou
tu consentiras...

LAURE.

N'achevez pas Gusman, quelqu'affreuse que soit cette séparation
je m'y soumets, à condition cependant, que monsieur le général
tiendra sa promesse.

D. SANCHE.

Croyez en ma parole, Gusman, je te reçois volontaire et je te
place dans la compagnie de mon fils.

GUSMAN.

De votre fils ?

ELVIRE.

Mon frère auprès de Don Alphonse !

D. SANCHE.

Vous pensez encore à l'affaire d'hier, je suis persuadé que le
Capitaine n'y songe plus, d'ailleurs, je veux profiter de cette circonstance pour effacer le souvenir de cette étourderie; Moréno,
Gusman, et vous mes belles demoiselles promettez moi que tout
est oublié.

MORÉNO.

Peut-on refuser quelque chose à celui qui ne refuse rien, mon
fils, fais ici le serment d'avoir le plus profond respect, la soumission
la plus aveugle ; pour ton capitaine.

GUSMAN.

Je le jure.

D. SANCHE.

Suis moi, je vais te présenter à lui, tu reviendras ensuite faire
tes adieux.

GUSMAN.

Je suis à vous général.

D. SANCHE

Mes bons amis, je ne vous reverrai qu'à mon retour de Lisbonne, adieu, comptez sur moi.

*(Don Sanche salue Moréno, Laure et Elvire qui s'inclinent de-
vant lui. Gusman fait entendre qu'il va revenir, et sort avec le
général.)*

SCENE X.

MORENO, ELVIRE, LAURE.

LAURE

J'ai fait tous mes efforts pour retenir mes larmes. Ah ! mon
oncle, ce départ est bien cruel à mon cœur..

MORENO

Je n'en suis pas moins affligé que toi, mais vous êtes trop jeunes pour vous marier, et cette absence rendra mon fils raisonnable, c'est le seul motif qui m'a décidé.

LAURE

Je n'ose vous blâmer, puisque vous approuvez la résolution de Gusman. (*avec dépit.*) Mais convenez, mon oncle, qu'il choisit bien mal son tems pour nous affliger, lui qui se promettait tant de plaisir à la fête de l'Alcade ; je sais bien que je n'irai pas.

ELVIRE

Ni moi, j'ai trop de chagrin pour cela.

MORENO

A propos de fête, savez-vous qui on a nommé ?

ELVIRE

Non mon père, personne n'a quitté la ferme et aucun des habitans du bourg n'est venu vous voir.

LAURE

On est fâché contre vous, mon onele, ce n'est cependant pas votre faute si vous n'avez point assisté à l'élection.

MORENO

Comme je ne pourrai me dispenser de rendre ma visite au nouveau magistrat, dès qu'on publiera sa nomination, je vais faire mes préparatifs. Le depart de Gusman exige aussi quelques détails dont je dois m'occuper sur le champ ; je vous laisse mes enfans, allons, du courage. (*riant.*) Dans deux ans, Laure, tu épouseras un officier. (*il sort.*)

SCENE XI.

Don ALPHONSE, OVIEDO, ELVIRE, LAURE.

(*Dès que Moréno s'éloigne, Don Alphonse et Oviédo qui étaient aux aguets, paraissent.*)

D. ALPHONSE, *avec impatience.*

Il est enfin parti !

LAURE

L'arrivée de ces troupes nous est bien funeste.

ELVIRE

Je suis plus à plaindre que toi. Tu te sépares d'un amant que tu es sûre d'obtenir ; mais moi, je vois s'éloigner ensemble un frère que j'aime, un mortel que j'adore et que je suis forcé d'oublier.

D. ALPHONSE, *transporté de ce qu'il vient d'entendre.*

Non, charmante Elvire, ce jour doit unir à jamais nos destinées.

ELVIRE

Don Alphonse !

LAURE

Quoi, monsieur, vous osez encore vous présenter ici.

D. ALPHONSE

Vous ne me désaprouverez pas, quand vous serez instruites de mes projets.

Le Rapt. F

ELVIRE

Je vous ai dit, monsieur, que mon devoir, mon repos, me prescrivaient d'éviter votre présence, je n'ai quitté Séville que pour cesser de vous voir, et je suis étonné qu'informé de la résolution que j'ai prise, vous fassiez de nouvelles tentatives; elles seront infructueuses et ne peuvent que me compromettre.

D. ALPHONSE

Vous compromettre ! quelle opinion avez-vous de moi, mademoiselle; je ne me pardonnerais pas de l'avoir méritée. Epris de vos charmes, j'ai été assez heureux pour vous plaire, pour surprendre l'aveu qui me rend fier d'un succès que doivent m'envier tous ceux qui connaissent Elvire; mais, plus je sens le prix de cette faveur, plus je veux m'efforcer de m'en rendre digne et c'est pour obtenir votre main que Don Alphonse revient en ces lieux.

OVIEDO

Voilà le grand mot lâché.

ELVIRE, *avec un mouvement de surprise et de crainte.*

Vous m'étonnez, Don Alphonse, je ne puis croire ce que je viens d'entendre. Comment n'avez-vous pas prévu les suites funestes d'un semblable projet. Votre père et le mien, peuvent-ils souscrire à vos désirs, Don Sanche consentira-t-il à me nommer sa fille, son rang, sa naissance....

D. ALPHONSE

Ne seront point des obstacles insurmontables.

LAURE, *à part.*

Et la prétendue de Séville.

ELVIRE

Vaincrez-vous les préjugés qui condamnent cette alliance, vous soustrairez-vous aux reproches, aux sarcasmes auquels elle vous expose, forcerez-vous mon père à approuver une union mal assortie qui tôt-ou-tard ferait votre malheur et celui de sa fille; vous-même, lorsque cet amour qui me donne tant d'empire sur votre âme, aura détruit l'illusion qui vous abuse, ne me reprocheriez-vous pas d'avoir agi trop légèrement; non, monsieur, non, je ne souscrirai point à vos désirs.

D. ALPHONSE

Cruelle ! dites plutôt que trompé par une impression passagère, Don Alphonse n'a régné qu'un instant sur votre cœur, qu'un rival plus heureux...

ELVIRE, *avec véhémence.*

Arrêtez, monsieur, un tel soupçon m'outrage : je voudrais vous laisser dans votre erreur, elle contribuerait sans doute à détruire le entiment qui vous domine ; mais je veux, je dois me justifier; maître de mon secret, vous savez que je vous aime, que vous seul occupez ma pensée, et cependant je renonce même à l'espoir du bonheur. Plus le combat auquel je me livre sera terrible, plus je m'efforcerai de vaincre un penchant que la raison condamne,

et malgré l'honneur que vous me faites de prétendre à ma main, je
me vois forcée de n'y répondre que par un refus.

SCENE XII.

Les mêmes, MORENO

(Moréno sort de la maison, voit Don Alphonse, témoigne sa sur-
prise et son mécontentement. Cependant il s'arrête pour écouter
la conversation. Les réponses d'Elvire paraissent le satisfaire.)

D. ALPHONSE

Je ne puis croire à tant de rigueur. Vous changerez de langage.

ELVIRE

Ne l'espérez pas.

OVIEDO

Comme elle est décidée.

D. ALPHONSE, *se jetant aux pieds d'Elvire.*

Je vous supplie.

ELVIRE

Ne pensez pas me fléchir, monsieur, ma conduite est commandée par le devoir.

MORENO, *s'avançant.*

Bien, ma fille, cette résistance t'honore.

ELVIRE, *troublée.*

Mon père !

D. ALPHONSE, *se levant.*

Moréno !

OVIEDO

Allons, voilà le papa qui s'en mêle.

LAURE

Tout est perdu.

MORENO

Pourquoi ce trouble, Elvire, quand ta conduite est louable ?
C'est à monsieur de rougir. Il pensait qu'une villageoise séduite
par de vaines promesses, serait trop heureuse de céder à ses cou-
pables désirs.

D. ALPHONSE

Monsieur, daignez m'entendre, avant de me traiter ainsi.

MORENO

Votre justification est impossible, monsieur; si votre témérité
avait eu le succès que vous en attendiez, j'aurais lavé dans votre
sang l'outrage que j'aurais reçu de vous, mais Elvire est restée
fidèle à ses devoirs, vous êtes assez puni. Cette leçon à laquelle
vous étiez loin de vous attendre vous suffira je l'espère, et la crainte
d'une nouvelle tentative ne nous forcera pas à invoquer l'autorité
de monsieur votre père pour vous défendre désormais l'entrée de
ma maison.

D. ALPHONSE

J'en sortirai dès que vous aurez daigné m'accorder un moment d'entretien.

MORENO

Mais de quelle nécessité ?

D. ALPHONSE

Ne me refusez pas cette faveur.

MORENO, *à ses enfans.*

Laissez-nous.

ELVIRE

L'orage se prépare.

D. ALPHONSE, *à Oviédo.*

Retire-toi.

OVIEDO, *à part.*

Il n'obtiendra rien.

(*Oviédo Elvire et Laure sortent.*)

SCENE XIII.

MORENO, D. ALPHONSE.

MORENO

Je suis prêt à vous entendre.

D. ALPHONSE

Ma conduite a du vous paraître extraordinaire, Moréno, et je suis certain que vous avez conçu de moi une opinion défavorable

MORENO

C'est vrai. (*à part.*) Où veut-il en venir ?

D. ALPHONSE

Quel que soit le sort qui m'attend, j'espère regagner votre estime, quand vus connaîtrez le motif qui me fait agir ; j'adore votre fille.

MORENO

Et c'est à moi que vous osez faire un tel aveu ?

D. ALPHONSE

Qui mieux que son père peut mettre un terme à mes souffrances. Un amour sans espoir a long-tems causé mes chagrins.

MORÉNO.

Quel délire s'empare de vos sens, vous oubliez monsieur, qu'hier vous vites Elvire pour la première fois.

D. ALPHONSE.

Oui, depuis qu'elle à quitté le couvent de sainte Cécile.

MORÉNO.

Le couvent !

D. ALPHONSE.

En allant visiter Dona Bella ma parente j'aperçus Elvire, je l'aimai.

MORÉNO.

Je ne reviens pas de mon étonnement, jamais Elvire ne m'a parlé de vous, et cependant elle n'a point de secret pour moi.

D. ALPHONSE.

Depuis un an je la regrette, je pleure son absence ignorant sa retraite, je la cherchais partout, le hazard me l'a rendue ah ! Moréno mettez le comble à mon bonheur, je viens vous demander sa main.

MORÉNO.

La main d'Elvire l'ai-je bien entendu ?

D. ALPHONSE.

Mon langage vous surprend ?

MORÉNO.

A un tel point, que je crois être le jouet d'un songe. Don Alphonse vous n'avez pas réfléchi a la démarche inconsidérée que vous faites.

D. ALPHONSE.

J'en ai calculé toutes les difficultés.

MORÉNO.

Une passion aveugle vous égare, Elvire ne peut vous appartenir.

D. ALPHONSE.

Auriez vous disposé d'elle ?

MORÉNO.

Non, mais Elvire est née sous le chaume c'est sous le chaume qu'elle doit passer une vie douc et laborieuse, la cour et ses bruyants plaisirs ne conviennent point aux habitans du village, et je me vois forcé de refuser à Don Alphonse ce que j'accorderais à un simple artisan.

D. ALPHONSE.

Ainsi vous prétendez me punir d'être issu d'une des familles les plus illustres de toutes les Espagnes.

MORÉNO.

Vos titres de noblesse suffiraient pour justifier ma conduite, si votre père ne m'avait fait connaitre ses intentions sur vous.

D. ALPHONSE.

Quoi mon père vous a dit qu'il voulait unir ma destinée à celle de Dona Isabella ? je ne consentirai point à cet hymen.

MORÉNO.

Le général parait ferme dans ses résolutions.

D. ALPHONSE.

Je le serai dans les miennes ; croyez vous que terrassé par votre refus, je me livre à un supplice éternel je vous l'ai dit sans Elvire l'existence n'est rien pour moi, j'ignorais quand je connus votre fille la distance qui nous sépare aujourd'hui, cette tendresse que vous blâmez était donc légitim, elle l'est encore puisque l'hymen peut donner à Elvire le rang que j'occupe et qu'elle mérite : oui, Moréno, votre fille sera mon épouse, ou je cesserai de vivre. Et devant vous j'en prends le ciel à témoin.

MORÉNO, *avec calme.*

Je n'ai pas besoin de vous répéter monsieur que quelques soient les avantages d'une alliance telle que la votre, je ne consentirai point à voir ma fille sortir de son obscurité, le grand monde est trop dangereux, un instant de bonheur y coûte trop de larmes.

D. ALPHONSE.

Mais, si j'obtenais le consentement de mon père?

MORÉNO

Vous n'obtiendriez point celui de Moréno.

D. ALPHONSE

Je ne puis le croire, laissez-vous attendrir, Elvire ne voit point point mon amour avec indifférence.

MORÉNO

Vous me trompez, monsieur, ce que je viens ici et à l'instant même d'entendre dire à ma fille, ne prouve point que vous en soyez aimé.

D. ALPHONSE

Je consens à renoucer à Elvire, si tels sont les sentimens qu'elle a pour moi; mais du moins, si j'ai su lui plaire.

MORÉNO

L'épreuve est inutile. je n'écoute plus rien.

D. ALPHONSE

Cruel, vous voulez donc me réduire au désespoir.

MORÉNO

Mille beautés plus dignes de vous que ma fille, dissiperont vos chagrins, l'amour sans espoir s'éteint bien vîte, et l'objet qui l'a fait naître est bientôt oublié.

D. ALPHONSE, *avec véhémence.*

Oublié! je le répète. c'est impossible. (*plus vivement.*) Hé bien! puisque les prières, les larmes ne peuvent vous fléchir, souvenez-vous que j'accomplirai mon sermenn, que je vous forcerai à me nommer votre fils.

MORÉNO, *emporté.*

Jeune homme, quel langage osez-vous tenir en ma présence, ne suis-je pas le maître de ma fille, pensez-vous que la menace puisse m'intimider?

D. ALPHONSE, *confus.*

Ah! pardonnez à mon égarément.

MORÉNO

Cessons cet entretten, adieu. capitaine.

D. ALPHONSE

Adien, Moréno, vous m'avez frappé d'un coup mortel.

MORÉNO

Le voyage de Lisbonne vous guérira!

D. ALPHONSE

Adieu. (*à part.*) Rejoignons Oviédo, et assurous-nous la pos-session d'Elvire.   (*il sort.*)

SCENE XIV.

MORENO, *seul. Il regarde D. Alphonse s'éloigner.*

Je le plains, mais je dois être inflexible et me tenir en garde
contre toute surprise. Serait-il aimé d'Elvire, ma fille aura-t-elle
pu se défendée de cette première et terrible impression qui dé-
cide souvent du sort de notre vie ? Oui, sa s doute, les instances
qu'elle fit pour sortir du couvent, le secret qu'elle a gardé sur
le lieu de sa retraite me prouvent assez que je n'ai rien à craindre
pour elle, et que je dois même éviter de lui parler de l'entretien
que je viens d'avoir avec D. Alphonse. (*On entend une musique
bruyante et des cris en dehors.*) Que signifie ce bruit ? Pourquoi
ces fanfares, ces acclamations ?

SCENE XV.

MORENO, LAURE.

LAURE, *à la fenêtre.*

Mon oncle, mon oncle, je crois qu'on vient vous chercher
pour la fête, une foule de paysans approche de la ferme, Ordogno, le greffier de la justice est à leur tête, ils entrent dans le
jardin.

MORÉNO

Descendez pour les recevoir

(*Les fanfares continuent, Ordogno, précédé de quelques musiciens
et suivi d'une foule de paysans, entrent en scène, plusieurs
d'entr'eux ont des bouquets. Elvire et Laure arrivent et sont sur-
prises ainsi que Moréno des soins et de l'activité qu'Ordogno met
à placer son monde.*)

SCENE XVI.

Les Précédens ; ELVIRE, ORDOGNO, Suite.

ORDOGNO, *aux paysans.*

Un peu plus d'ordre dans votre marche ; rangez-vous à présent,
la musique par ce côté, c'est cest, ceux qui ont des bouquets
ici ; sur le devant, allons donc de l'ensemble ; vous faites bien peu
d'honneur à votre instituteur.

MORÉNO.

Me direz-vous, Ordogno, ce que ce bruit signifie ?

ORDOGNO.

Oui, et j'ai amené avec moi tous les habitans du bourg que j'ai
pu rassembler afin de vous le dire publiquement. Permettez-moi
d'abord de vous féliciter...

MORÉNO.

De quoi?

ORDOGNO.

De votre exactitude à vous rendre aux invitations qui vous sont faites.

MORENO *réfléchissant.*

Ah ! ah ! j'ai été tellement occupé hier, que je n'ai pu assister à l'élection du magistrat.

ORDOGNO.

Votre voix eût été inutile, mais vous n'en êtes pa quitte, seigneur alcade, il faudra bien vous rendre à votre poste, preter votre serment. . . .

ELVIRE et LAURE *étonnés.*

Seigneur alcade!

MORÉNO.

Alcade, moi, allons vous plaisantez.

ORDOGNO.

Pas du tout, un homme de justice ne plaisante jamais ; vous avez été élu à l'unanimité, et j'ai voulu le premier vous apprendre cette bonne nouvelle, qui ne sera publiée, à l'hôtel de ville, qu'en votre présence ; allons, vous autres, maintenant que le seigneur Moréno est instruit, venez saluer le nouvel alcade, et lui présenter vos bouquets.

MORENO.

Je suis sensible à l'honneur qu'on me fait, mais je ne puis accepter un emploi que je ne me crois pas digne de remplir.

ORDOGNO.

Depuis long-tems l'opinion publique vous désignait, et vous ne pouvez vous opposer au choix qu'on a fait de votre personne. L'amitié que vous portent les habitans de ce bourg, l'estime que j'ai toujours eu pour vous, enfin (1). . . . Asseyez-vous, seigneur alcade, et permettez-moi de vous prouver à ma manière le plaisr que je ressens de votre élection.

MORÉNO.

Vous le voulez, j'obéis. . .

ELVIRE.

Ah ! mon père, que je suis aise.

LAURE.

Vous irez à Lisbonne avec le Roi !

MORÉNO *s'asseyant sous le berceau.*

Prenez place près de moi, greffier.

ORDOGNO.

C'est trop d'honneur, (*aux paysans*) commencez!. . . . (*Les villageois présentent leurs bouquets à Moréno*) (2).

---

(1) Voir la note ci-après.

Il sera facile aux directeurs de province de supprimer le Ballet ; mais il faut pour cela qu'Ordogno termine son dialogue, où le renvoy est indiqué ; et que la scène soit terminée par les deux phrases que disent Elvire et Laure avant l'entrée de Gusman, qui aura lien de suite.

Ballet et divertissement. A la fin de la fête on voit arriver Gusman,
habillé en militaire et armé.

SCENE XVII.

Les Précédens, GUSMAN.

LAUBE *courant au-devant de lui.*

Voici Gusman, mon oncle. (*à Gusman*) Mon ami, viens partager notre joie, mon oncle est nommé alcade.

GUSMAN.

Alcade ! cette nouvelle m'enchante ; on a rendu justice à mon
pére. (*à Moréno*) Permettez-moi de vous féliciter.

MORÉNO.

Ton départ, mon fils, trouble la joie qui devrait régner ici.
Greffier, je vous remercie de votre attention, j'en serai recon-
naissant ; Gusman, vous le voyez, est sur le point de partir, j'ai
besoin d'être un moment en famille ; veuillez me précéder à l'hôtel
de ville, je m'y rendrai bientôt pour prêter mon serment, nous
reviendrons ici tous ensemble, et j'espère que vous serez aussi con-
tens de moi que je le suis de vous.

ORDOGNO *à part.*

Tout va bien. Je suis on ne peut mieux avec le Magistrat
(*haut*) J'obéis à vos ordres, seigneur alcade, mais ne faites pas
comme hier. (*aux paysans*) En avant, marche ; je suis bien votre
serviteur.

(*Tous les villageois sortent avec Ordogno.*)

SCENE XVIII.

MORENO, GUSMAN, ELVIRE, LAURE.

MORÉNO.

Gusman, as-tu vu ton capitaine ?

GUSMAN.

Oui, mon père. D. Alphonse s'est fait attendre, mais je lui ai
été présenté à l'instant de son départ.

MORÉNO.

Et tu es sûr qu'il est en route ?

GUSMAN.

Très-sûr ; toute ma compagnie a quitté le bourg après ma
réception.

MORÉNO *à part.*

Il a pris son parti. (*haut*) As-tu remarqué la physionomie de
ton capitaine ?

GUSMAN.

Elle m'a paru moins animée qu'hier. Mais pourquoi me faites-
vous cette question, mon père, D. Alphonse ?....

Le Rapt.   G

MORÉNO (*mystérieusement et le tirant sur le devant de la scène.*)
Epris d'Elvire, est venu me demander sa main.

GUSMAN.

Sa main !

LAURE *à Elvire.*

Que disent-ils. Je voudrais pouvoir les entendre.

ELVIRE *avec inquiétude.*

C'est sans doute D. Alphonse qui les occupe.

MORÉNO *à Gusman.*

Tu penses-bien que j'ai refusé cette alliance, mais D. Alphonse
est-jeune, étourdi, si quelqu'entreprise contraire à l'honneur
l'éloignait de l'armée...

GUSMAN.

Quoi, vous présumez ?

MORÉNO.

Non, mais j'ai cru devoir t'instruire pour assurer mon repos,
si D. Alphonse quittait sans motif sa compagnie....

GUSMAN.

Vous en seriez prévenu, mon père.

MORÉNO *à part.*

Je puis dormir tranquille. (*haut*) Allons, mes enfans, faites
vos adieux à Gusman.

ELVIRE.

Tu vas déjà partir?

LAURE.

C'est trop tôt nous quitter.

GUSMAN.

Il le faut, j'ai promis au général de le suivre, vous voyez cet
habit, ces armes, je suis soldat maintenant ; Laure, ma sœur,
quoiqu'il m'en coûte, il faut nous séparer. Mon père, permettez
que je vous embrasse.

MORÉNO.

Viens sur mon cœur, je prévoyais tout ce que ce moment a de
de cruel, mais tu voulais servir, et je ne pouvais blâmer l'élan de
ton courage ; je crois me voir à vingt ans, animé du même désir,
heureux au milieu des batailles.

GUSMAN.

Vous savez ce que D. Sanche m'a promis ?

MORÉNO.

Et voilà ce qui me rassure, d'ailleurs, mon fils, tu dois être
persuadé que rien ne me coûtera pour contribuer à te rendre la
carrière des armes agréable. Mais écoute les avis que je vais te
donner, et surtout garde toi de t'écarter de mes conseils ; si tu
n'es point noble Gusman, le sang de tes pères fut pur comme la
source du ruisseau qui borde la prairie. Ne sois donc ni orgueilleux,
ni rampant, tu as de l'aisance, ne sois ni prodigue, ni avare : l'un
et l'autre te nuiraient infailliblement. Sans être de l'avis de tout le
monde, ne contredis personne, sache te faire aimer de tes chefs,

ne te bats jamais sans un motif légitime. Mais ne te laisse pas insulter impunément.

LAURE à *Elvire*.

Cette idée me glace d'effroi.

ELVIRE.

Que de craintes à la fois viennent briser mon cœur.

MORÉNO.

Gusman, sois le protecteur, le défenseur de femmes, et n'en parle qu'avec respect. C'est à elles que nous devons l'existence, c'est à Laure que tu devras ton bonheur. (*Il prend la main de Laure et de Gusman.*) Recevez, mes enfans, le serment que je fais de vous unir; Gusman, nous allons te perdre; n'oublie point tes tes devoirs, ton vieux père, ton épouse, et cette sœur chérie ont besoin de compter sur toi, pour calmer les chagrins que va leur causer ton absence.

Mouvement de sensibilité, chaque personnage doit peindre avec ame ce qu'il éprouve. A ce moment le ciel s'obscurcit, les éclairs brillent, la foudre gronde au loin. On y voit à peine, Oviédo et D. Alphonse traversent le fond du jardin. L'orage continue jusqu'à la fin de l'acte.

SCENE XIX.

Les précédens, Don ALPHONSE, OVIEDO.

D. ALPPONSE, *à voix basse.*

Le ciel nous favorise.

MORÉNO.

Quel tems tu vas avoir pour te mettre en route.

GUSMAN.

Un militaire doit-il craindre l'orage,

D. ALPHONSE.

Ils sont-là.

OVIEDO.

Cachons-nous.

LAURE.

Ne pouvez-vous différer votre départ.

GUSMAN.

Impossible.

MORÉNO.

En ce cas séparons-nous. (*confidentiellement*) N'oublie pas que tu m'a promis de m'instruire de la conduite de ton capitaine.

GUSMAN.

Reposez-vous sur moi.

MORÉNO.

Adieu, mon fils, je me rends à l'hôtel de ville.

GUSMAN.

Je vous accompagnerai jusqu'à la place d'armes. Adieu Laure, adieu ma sœur.

LAURE et ELVIRE.

Adieu, Gusman.

(*Moréno et Gusman sortent après avoir embrassé Laure et Elvire.*)

SCENE XX.

ELVIRE, LAURE, ALPHONSE, OVIEDO.

LAURE.

Cet orage au moment du départ de ton frère, me présage quelque malheur. On dirait que le ciel...

ELVIRE *avec crainte.*

N'achève pas, Laure; tes présentimens augmentent ma douleur!... Rentrons.

(*Elles entrent dans le bâtiment à gauche dont elles ferment la porte. Les éclairs et l'orage redoublent. D. Alphonse et Oviédo qui parcourent le théâtre ont entendu fermer la porte.*)

SCENE XXI.

Don ALPHONSE, OVIEDO, ORDOGNO, Hommes d'armes vendus au capitaine.

D. ALPHONSE,

Elles sont seules dans la ferme, nos gens et nos chevaux sont prêts, nous pouvons agir en sûreté.

OVIÉDO.

L'enlèvement est donc décidé?

D. ALPHONSE.

Faut-il te répéter encore que je ne puis plus maîtriser mon amour, que rien ne changera la résolution que j'ai prise d'arracher Elvire de ces lieux.

OVIÉDO.

Songez à la témérité d'un semblable projet.

D. ALPHONSE.

Dût-il me coûter la vie, je l'exécuterai.

OVIÉDO.

Croyez-moi, capitaine, attendons la nuit, ne changeons rien à nos premières dispositions.

D. ALPHONSE.

Le moindre retard est un supplice, tu ne sens pas le feu qui me dévore.

OVIÉDO.

Je ne vois que le danger auquel nous nous exposons; le moment n'est pas favorable.

D. ALPHONSE.

Jamais circonstance ne fut plus propice; on nous croit sur la route de Lisbonne, le tems est sombre, orageux, la foudre gronde, chacun enfermé chez soi craint d'en sortir, le bruit des vents, du tonnerre, étoufferont les cris d'Elvire. Personne ne peut s'opposer à nos desseins, et ce soir je serai l'époux de celle que j'adore. (*à ses gens qui sont restés au fond du théâtre.*) Approchez; deux hommes vont se mettre en embuscade au fond du jardin. (*ils y vont*) C'est cela; toi Urgélio, tu traverseras la grande cour de la ferme : au milieu est l'entrée d'une salle basse ; cette porte y communique (*il montre celle par laquelle les jeunes filles viennent de rentrer.*); les deux cousines y sont probablement encore ; à ton aspect elles reviendront sur leurs pas....Nous nous trouverons au passage....Allons, dépêche-toi. Oviédo et moi nous chargeons du reste.

URGÉLIO.

Il suffit.

D. ALPHONSE

Prends bien tes précautions, la moindre maladresse nuirait à mes projets.

URGÉLIO.

Soyez tranquille....Attends-moi là. (*Il montre la porte et sort.*)

OVIÉDO.

Capitaine, où porterons-nous nos pas ?

D. ALPHONSE.

Dans la première ville, où semant l'or à pleines mains, je pourrai contracter les liens qui doivent assurer mon bonheur.

OVIEDO.

Mais on enverra à notre poursuite.

D. ALPHONSE.

Devinera-t-on la route que nous aurons prise.

OVIÉDO.

Un Rapt, une désertion ; le général ne nous pardonnera jamais.

D. ALPHONSE.

Il faudra bien qu'il s'appaise quand il y sera forcé par les circonstances.   (*On entend un cri dans l'intérieur de la maison.*)

D. ALPHONSE.

Urgélio a été aperçu, elles viennent par ici.

OVIEDO.

Il faut enlever Elvire de vive force.

(*Il réunit son monde ; la porte s'ouvre précipitamment, Elvire et Laure sortent épouvantées. Urgélio paraît avec les jeunes filles.*)

SCENE XXII.

Les Précédens, ELVIRE, LAURE.

ELVIRE et LAURE, *en ouvrant la porte.*

Au secours ! au secours !

OVIEDO.

La voici. (*Il arrête Elvire, mais Laure court éperdue et par-*

vient à s'échapper à la faveur de l'obscurité et du désordre de la scène.

ELVIRE, *à Don Alphonse, se jetant à ses pieds.*

Sauvez-moi, sauvez-moi, je vous en supplie.

D. ALPHONSE.

Calmez cet effroi, belle Elvire.

ELVIRE.

Don Alphonse! ah! seigneur, ne me perdez pas.

D. ALPHONSE.

Consentez à me suivre.

ELVIRE.

Vous suivre! jamais.

D. ALPHONSE.

Vous ne savez donc pas à quoi je m'expose pour vous posséder.

ELVIRE.

Est-ce ainsi que vous espérez fléchir mon père?

OVIEDO.

On peut venir, capitaine, point de discours superflus.

D. ALPHONSE.

Partons. (*Les hommes d'armes s'emparent d'Elvire qui cherche vainement à se défendre et à s'échapper.*)

ELVIRE.

Mon père! mon père! au secours!

SCENE XXIII.

Les Précédens, GUSMAN, LAURE, quelques Paysans armés.

(*Le ciel s'éclaircit un peu.*)

GUSMAN, *dans la coulisse.*

A moi, à moi, mes amis! punissons ces infâmes ravisseurs.

D. ALPHONSE.

Nous sommes surpris.

OVIÉDO.

Je l'avais prévu, capitaine; le coup est manqué, sauvons-nous.

GUSMAN, *en entrant avec les siens.*

Arrêtez, arrêtez, Don Alphonse; instruit de vos projets criminels, je viens sauver Elvire.

D. ALPHONSE, *troublé.*

C'est Gusman!

GUSMAN, *les armes à la main.*

Songez à vous défendre.

LAURE.

Je tremble pour ses jours.

ELVIRE.

Mon frère! ah! Don Alphonse, respectez sa vie.

(*Gusman fond sur le Capitaine qui ne cherche qu'à parer les coups qui lui sont portés, les Paysans attaquent les soldats de Don Alphonse qui entraînent Elvire; ils la délivrent.*)

(Gusman charge Don Alphonse avec fureur ; Oviédo vole à son secours, attaque Gusman et lutte avec lui pour assurer la retraite du Capitaine ; pendant le combat, Elvire et deux Paysans cherchent à lui rendre l'usage de ses sens ; Oviédo occupé toujours Gusman, tandis que les Soldats qui entourent le Capitaine, se battent en se repliant et forcent les Paysans à déboucher le passage ; alors Oviédo se débarrasse adroitement de son adversaire, et rejoint les hommes de son parti qui prennent la fuite après avoir dispersé les Paysans que Gusman rallie, et envoie à leur poursuite, puis revenant près d'Elvire qui est toujours sans connaissance, il ordonne de la transporter dans la ferme ; à ce moment le bruit des armes se fait entendre encore ; le capitaine Oviédo et les Soldats paraissent dans la campagne ; les Paysans les poursuivent ; Gusman se met à leur tête, rejoint Don Alphonse et engage un nouveau combat, mêlée générale.)

Fin du second acte.

ACTE III.

(Le théâtre représente une salle basse de l'hôtel-de-ville, une cour et des bâtimens très-vastes occupent le fond qu'on voit à travers la colonnade qui termine la salle ; tout est disposé pour une audience.)

SCENE PREMIERE.

MORENO, ORDOGNO.

MORÉNO, *entrant le premier et d'un air inquiet.*

Ordogno ne revient pas, peut-être est-il arrivé de nouveaux malheurs ; je suis dans une inquiétude : serait-ce lui ?

ORDOGNO, *accourant, il est hors d'haleine*

Me voici, seigneur Alcade, j'ai hâté mon retour pour vous tranquilliser ; retenu ici par les devoirs de votre charge, je pensais bien que, n'ayant pu quitter votre poste, pour vous rendre à la ferme, vous m'attendiez avec impatience.

MORENO.

He bien !

ORDOGNO.

J'ai vu, j'ai embrassé vos enfans et votre nièce, je les ai priés, selon vos ordres, de se rendre ici ; ils me suivent.

MORENO.

Aucun accident n'a-t-il altéré leur santé ?

ORDOGNO.

Non , Seigneur ; votre fille seulement est restée quelques instans sans connaissance ; mais cela n'a pas eu de suite.

MORENO.

Combien vous soulagez mon cœur !

ORDOGNO.

Le récit qu'on nous a fait de ce Rapt est des plus fidèles ; profitant de votre absence , des ravisseurs s'étaient emparés d'Elvire, et c'est bien ainsi qu'on s'est empressé de venir nous en informer; Gusman , qui , averti à tems des dangers de sa sœur , est revenu sur ses pas , l'a sauvée , et a blessé au bras gauche le capitaine Don Alphonse qui n'a fait , dit-on , que parer les coups que votre fils lui portait ; de plus , en entrant ici , je viens d'apprendre avec une vive satisfaction , que les paysans qu'on a envoyés à la poursuite des fuyards , les ont arrêté ; avant une heure , seigneur Alcade , ces deux criminels comparaîtront devant vous.

MORENO.

Fatale journée !

ORDOGNO.

Vous vous plaignez , Seigneur, quand la vengeance la plus juste , la plus éclatante , vous est promise.

MORENO.

Ma fille en est-elle moins outragée.

ORDOGNO.

Tout le bourg , instruit de son malheur , la plaint et cherche à la consoler ; mais Seigneur , la mort du coupable effacera jusqu'au souvenir de cet affreux attentat.

MORENO.

Eh ! n'est-ce rien que d'envoyer un homme à la mort ? les armes à la main , j'aurai lavé cet affront sans flêtrir publiquement une des plus illustres familles des Espagnes.... Mais pourquoi cette pitié ? le cruel a-t-il craint de me déshonorer ? Ah ! cette idée me rend tout mon courage ; organe des lois , je ferai mon devoir.

(*Il s'assied devant une table , son agitation est remarquable.*)

ORDOGNO.

Comme il a l'air agité ; il est certain que pour entrer en fonction , il a une fameuse procédure. Ah ! ah ! voici nos jeunes gens... Seigneur Alcade , votre fille , Gusman et votre nièce s'avancent.

MORENO.

Cachons-leur mon trouble , il ne ferait qu'augmenter leur chagrin.

SCENE II.

MORÈNO, ELVIRE, GUSMAN, LAURE, ORDOGNO.

ELVIRE, *venant se jeter aux pieds de Moréno.*

Mon père , ne maudissez pas votre fille !

LAURE.

Elvire est innocente.

GUSMAN.

Je la rends à votre tendresse.

MORENO, *avec sensibilité.*

Relève-toi, Elvire; Gusman, sans ton courage, le crime le plus affreux aurait livré ma vieillesse au désespoir, à l'ignominie; j'avais besoin de vous voir, mes enfans, venez tous dans mes bras; si l'instant qui nous réunit a quelques charmes, ceux qui vont le suivre seront terribles. Don Alphonse et son sergent, tombés au pouvoir des habitans du bourg, vont paraître à ce tribunal.

ELVIRE, *à part.*

C'est fait de lui !

LAURE, *à part.*

Il sont perdus !

GUSMAN.

Sans Oviédo, le Capitaine n'eut péri que de ma main.

ELVIRE.

Tu m'as dis, mon frère, qu'il avait épargné tes jours, ne devais-tu pas ménager les siens ?

GUSMAN.

Voudrais-tu le défendre ?

ELVIRE.

C'est un devoir que son malheur m'impose ! Mon père, je vais vous affliger....

MORENO.

Que veux-tu dire ?

GUSMAN.

Explique-toi !

ELVIRE, *avec l'accent de la douleur et de la crainte.*

Je frémis du coup que je vais porter à votre tendresse; mais je ne puis sans être coupable garder plus long-temps le fatal secret qui porte le désespoir dans mon ame, Don Alphonse règne sur mon cœur.

GUSMAN, *étonné.*

Dieu ! qu'entends-je ?

LAURE.

Pénible aveu !

MORENO, *sévèrement.*

Fille imprudente ! ainsi vous oubliez non-seulement vos devoirs, mais vous me rendez injuste envers un homme dont vous avez autorisé l'infâme conduite, fuyez ma présence; il ne mauquait que cet affront à ma vieillesse......malheureux père !....

ORDOGNO, *à part.*

Ah ! le ravisseur est aimé !

ELVIRE.

La colère vous égare, méconnaîtriez-vous Elvire au point de

penser qu'elle ait approuvé les desseins de Don Alphonse ; sortez
d'une erreur aussi cruelle, Dieu m'est témoin que je les ignorais et
que j'eusse préféré la mort à l'outrage que j'ai reçu de lui ; mes prières, la résistance que je lui ai opposée, ne suffisent-elles point pour
vous prouver que le devoir réglait ma conduite ; mais quels que
soient les torts de Don Alphonse , ne m'est-il pas permis de le défendre : vous le savez, il a tout fait pour m'élever jusqu'à lui, ou
s'abaisser jusqu'à moi , vos refus ont troublé sa raison.....

MORENO.

Votre faiblesse préparait votre honte et la mienne.

ELVIRE.

Ma faiblesse ! n'ai-je pas employé tous les moyens pour oublier Don
Alphonse , pour me bannir de sa pensée.

MORENO.

L'aveu fatal que tu viens de me faire augmente mon désespoir.
Don Alphonse ne peut échapper au trépas sans nous couvrir d'i-
gnominie et je connais trop le caractère du général pour espérer
fléchir son orgueil ; son fils t'aime, l'assurance d'être payé de retour l'a rendu coupable ; je le plains , je te plains toi-même, et je
serai forcé d'envoyer au supplice , celui qui n'a pu t'aimer sans
être frappé, ou du glaive de la justice, ou de la malédiction paternelle.

ELVIRE,

Ah ! mon père, comment le sauver et ne pas perdre l'estime publique ; je sens que je ne survivrais ni à son trépas , ni au déshon-
neur.

ORDOGNO.

La position est fort embarrassante.

LAURE.

Tout cela me fait un mal.....

MORENO, *à part sur le devant de la scène.*

Mon cœur se brise, quel parti prendre ? Moréno point de faiblesse, la loi parle tu dois obéir. (*haut.*) Je vais dresser la procédure (*à ses enfans.*) Suivez-moi dans la chambre du conseil, j'ai
besoin de recueillir , d'écrire vos dépositions et vos aveux. Greffier
je vous laisse le soin de recevoir les prisonniers, et de m'avertir de
leur arrivée.

ORDOGNO.

Il suffit, seigneur, comptez sur moi.

MORENO, *à ses enfans.*

Venez.   (*Il sort avec eux.*)

SCENE III.

ORDOGNO, *seul et d'un air important.*

Quelle affaire ! elle est épineuse, et je crois qu'elle nous fera
honneur et beaucoup d'honneur ; il faut que je me distingue , afin
qu'à mon tour , quand je deviendrai Alcade , on ne dise pas le sei-

gneur Ordogno est incapable de remplir un tel emploi. Ce n'est pas l'embarras, je quitterais avec regret ce costume élégant, je le porte depuis trente ans que je fais les fonctions de greffier de la justice ; les étrangers en me voyant s'imaginent que c'est moi qui suis Alcade, et quand l'Alcade n'a pas sa grande baguette blanche, l'unique chose qui le distingue des autres habitans du bourg, on le prend pour un simple villageois. J'avoue que si j'étais magistrat, cet usage me contrarierait beaucoup ; car enfin, le costume ! le costume fait tout dans ce monde ; mais pour éviter les méprises, je porterais sans cesse la baguette de la justice, alors on dirait à mon aspect, voici l'Alcade : on s'inclinerait, on me respecterait, on m'honorerait. (*On entend du bruit.*) Ah ! ah ! les ravisseurs arrivent, je remplace l'Alcade, montrons-nous, Ordogno, puisque l'occasion s'en présente.

SCENE IV.

Don ALPHONSE, *le bras en écharpe*, OVIEDO, ORDOGNO,
Soldats du bourg.

OVIEDO, *aux soldats.*

Que voulez-vous que je fasse ici ?

ORDOGNO.

L'alcade vous l'apprendra bientôt.

OVIEDO.

Je m'embarrasse bien de l'alcade, moi.

ORDOGNO.

Insolent ! du respect pour le magistrat.

D. ALPHONSE.

Le magistrat n'a aucun droit sur nous ; sachez, monsieur, que des militaires n'ont rien à démêler avec la justice ; c'est un conseil de guerre qui doit connaître le délit dont on nous accuse, et nous absoudre ou nous condamner.

ORDOGNO

Vous ferez valoir vos droits.

OVIEDO

Certainement, a-t-on jamais vu faire tant de tapage pour une amourette.

ORDOGNO

Une amourette ! ah ! un enlèvement prémédité, de vive force, avec escalade, effraction et commencement d'exécution, est pour vous une amourette. Diable ! comme vous y allez, M. le Sergent, vous avez raison de plaisanter, nous vous ferons chanter tout-a-l'heure.

OVIEDO

Si vous me faites chanter, le général qu'un de nos gens a déjà sans doute informé par notre ordre de ce qui nous arrive, vous fera danser à votre tour, vous ne savez pas de quoi il est capable, laissez-nous libres le capitaine et moi, ou corbleu !

ORDOGNO

C'est juste. (*aux soldats.*) Saisissez-vous de ce mutin et mettez lui les fers aux mains et aux pieds.

OVIEDO, *furieux prenant une chaise.*

Vous m'avez désarmé, mais morbleu, avec cette chaise, j'extermine le premier qui m'approche.

ORDOGNO

O l'enragé! s'il fait un pas , mettez-lui trois balles dans le ventre.

D. ALPHONSE

M. le greffier, vous outrepassez vos pouvoirs.

ORDOGNO

C'est bon, monsieur, je n'aime pas les observations.

OVIEDO

Trois balles dans le ventre ! rien que cela. Mille morts ! et je ne puis rosser d'importance cet infernal greffier. (*il le menace de nouveau.*)

ORDOGNO

Encore. Soldats, obéissez. (*Lés soldats couchent Oviédo en joue.*)

OVIEDO

Allons donc, allons donc, point de mauvaises plaisanteries.

ORDOGNO

Soumettez-vous alors.

D. ALPHONSE

Tu ne serais pas le plus fort, ainsi je te conseille de te rendre.

OVIEDO

Vous avez raison, capitaine, contre la force, il n'y a pas de résistance. Cependant il est bien cruel de ne pouvoir se défendre.

D. ALPHONSE

Puisque le sort nous est contraire. imite ma résignation, attendons l'événement.

ORDOGNO

Je vais vous empêcher de languir, soyez sûrs que votre affaire ne sera pas longue, je cours informer l'Alcade de votre arrivée. (*à Oviedo.*) et lui rendre compte de votre conduite. (*aux soldats.*) Vous me répondez des prisonniers sur vos têtes; sur vos têtes, vous m'entendez , à la moindre tentative, en joue, feu ! C'est ainsi qu'on traite les rébelles.

(*Il sort, les gardes restent au foud du théâtre.*)

SCENE V.

D. ALPHÓNSE, OVIEDO.

OVIEDO

Capitaine , cela prend une mauvaise tournure.

D. ALPHONSE

Tu t'alarmes trop facilement. Que peut-il nous arriver de pis
que la mort. Privé d'Elvire, elle devient un bienfait pour moi.

OVIEDO

La mort ! la jolie perspective que vous m'offrez là.

D. ALPHONSE

Nous sommes entre les mains de la justice, et si le crédit de mon
père ne nous tire de ce mauvais pas, il faudra subir notre jugement;
le Rapt est en Espagne un crime capital.

OVIEDO

Vous eussiez dû en prévoir les suites.

D. ALPHONSE

Pouvais-je m'imaginer que nous serions surpris , arrêtés.

OVIEDO

Je l'avais pressenti, moi ; vous deviez bien penser que même
ayant réussi , on eût envoyé à notre poursuite.

D. ALPHONSE

Je pouvais bien penser aussi qu'on ne nous atteindrait pas,

OVIEDO

Cet entêté de paysan mènera grand train la procédure; il ne
consentira jamais à donner sa fille à un ravisseur.

D. ALPHONSE

Elvire plaidera ma cause, nous fléchirons Moréno.

OVIEDO

Il exigera le consentement de votre père.

D. ALPHONSE

Oui , et voilà ce qui sera difficile d'obtenir.

OVIEDO

En vérité , je vous admire , mon capitaine, nous sommes placés
entre la vie et la mort, et vous n'êtes pas plus inquiet.

D, ALPHONSE

La crainte n'a d'empire que sur les âmes pusillanimes; un vrai
militaire doit-il redouter le trépas ? au milieu des camps, ne brave-
t-il pas les plus affreux périls ; toi-même....

OVIEDO

C'est différent. Dans une bataille, la mort n'a rien d'effrayant.
Elle frappe sans qu'on l'attende , et l'on finit glorieusement sa
carrière, mais ici, nous courons le risque d'être pendus. Une fois
condamnés rien ne pourra adoucir l'horreur de nos derniers momens. Oh ! combien je me repens de vous avoir obéi !

D. ALPHONSE

Ne m'as-tu pas dit cent fois que ton sang, ta vie m'appartenaient.

OVIEDO

C'est vrai, capitaine, et vous ne pouvez douter de mon dévouement à votre personne.

D. ALPHONSE

Voici l'occasion de m'en donner une preuve éclatante, en ne
murmurant pas contre ta destinée.

OVIEDO

Vous avez réponse à tout , vous, dont l'amour trouble la raison,
mais moi , qui vois sainement les choses.

D. ALPHONSE

A quoi serviraient nos plaintes, nos regrets, si le ciel a marqué
notre dernière heure , mon ami , nous mourrons ensemble.

OVIEDO

C'est consolant. Au lieu de chercher à me rassurer , vous avez
toujours quelqu'idée sinistre dont vous me faites part d'une manière
si singulière. Ah ! si je parviens à m'echapper des mains de la
justice, sera bien fin qui me rattrapera à enlever les filles ; le Roi
même m'en donna-t-il l'ordre.

D. ALPHONSE

Quelqu'un vient. C'est sans doute l'Alcade. Il va procéder à notre
interrogatoire. De la fermeté , Oviédo.

OVIEDO

J'en aurai. (*à part.*) Je serais moins intimidé un jour de bataille.

SCENE VI.

Les mêmes , ORDOGNO.

ORDOGNO, *à Ovédo.*

L'alcade va commencer par vous.

OVIEDO

Je le remercie de la préférence.

ORDOGNO, *aux soldats.*

Conduisez monsieur dans une des salles voisines et songez que
vous me répondez de sa personne.

(*Don Alphonse sort accompagné de gardes.*)

ORDOGNO

Le seigneur Moréno s'avance.

OVIEDO

Le père de la jeune fille accompange l'Alcade. (*à part.*) Je suis
perdu !

ORDOGNO

Vous vous trompez, le père et l'Alcade ne font qu'un.

OVIEDO, *effrayé.*

Que dit-il ?

SCENE VII.

Les Précédens , MORENO.

MORÉNO, *aux gardes en entrant.*

Gardez soigneusement toutes les issues et ne laissez pénêtrer ici
aucun étranger.

(*Il pose sa baguette blanche et des papiers sur la table.*)

OVIÉDO.

C'est bien lui.

MORÉNO:

Accusé, asséyez-vous. Commencez, Ordogno.
(*Pendant le commencement de cette scène, Moréno parcourt les
papiers qu'il a apportés.*)

ORDOGNO.

Notre nom, accusé?

OVIÉDO.

Vons le savez aussi bien que je sais le vôtre.

ORDOGNO

C'est égal, les formalités d'usage exigent que vous décliniez
votre nom.

OVIEDO.

Quoique vous le connaissiez ?

ORDOGNO *avec force.*

Pas tant de raison s'il vous plait, votre nom monsi^{e}ur Oviédo?

OVIEDO,

Vous venez de répondre pour moi.

ORDOGNO.

C'est égal encore une fois ô ! l'entété, (*avec colère.*) votre
nom vous dis-je ?

OVIEDO.

Oviédo, puis qu'il faut absolument que vous l'entendiez de
ma bouche.

ORDOGNO.

Votre profession ?

OVIEDO.

Ne le voyez vous pas ?

ORDOGNO.

Je ne vous demande pas si je le vois, votre profession ?

OVIEDO.

Soldat.

ORDOGNO.

Soldat ! soldat ! la belle réponse, je sais bien que vous êtes
soldat.

OVIEDO.

Et pourquoi m'interrogez vous alors ?

ORDOGNO.

Pour connaître votre grade.

OVIEDO.

Il est vrai que c'est fort difficile à deviner avec l'habit que
je porte.

ORDOGNO.

Ce n'est pas l'habit que vous portez que je questionne monsieur !
c'est vous, et je vous engage au nom de mon ministère à ne pas
user de détours, quel est votre grade et dans quelle compagnie
servez vous ?

MORENO, *interrompant l'examen des papiers.*
Greffier, abrégez des formalités inutiles.

ORDOGNO.

Inutiles! inutiles! il faut qu'en justice tout ce fasse suivant l'usage
et les loix, nous ne savons ni l'un, ni l'autre, l'âge de ce sergent,
c'est pourtant une chose importante, l'âge d'un accusé.

MORENO.

Répondez Oviédo.

OVIEDO.

Trente-deux ans.

ORDOGNO.

Vous ne voulez donc pas seigneur Alcade que je m'informe des
causes, circonstances et détails du crime commis, des heures et lieux
où le Rapt a été effectué, des suites.

MORENO.

Allons greffier, point de verbiage, il ne me reste qu'une question
à faire à Oviédo, avant d'interroger son capitaine, quel était le
projet de Don Alphonse en enlevant ma fille, où voulait il la
conduire? Oviédo, répondez franchement.

OVIEDO.

Son dessein était de faire halte à quelques lieues du bourg,
de contracter ce soir même avec Elvire des nœuds sacrés et
indissolubles.

MORENO.

Don Sanche à-t-il été instruit par votre capitaine du fatal amour
que Don Alphonse ressent pour Elvire?

OVIEDO.

Non seigneur Alcade, je possède seul le secret du capitaine.

MORENO.

Et Don Alphonse osait braver l'autorité d'un père?

OVIEDO.

Don Alphonse époux d'Elvire espérait fléchir Don Sanche et
vous forcer à le pardonner.

MORENO.

Il suffit (*aux gardes.*) Qu'on enferme ce sergent et qu'on amène
Don Alphonse.

OVIEDO.

Qu'allez vous faire de moi?

ORDOGNO.

Vous l'apprendrez quand le sort du capitaine sera décidé. (*En
lui parlant à l'oreille.*) Ça va mal, fort mal, vous n'en serez pas
quitte pour la peur.

OVIEDO.

Ah! maudit greffier, tu es bien heureux que je ne sois pas libre,
mais tu ne perdras rien pour attendre.

ORDOGNO.

Il me menace, je crois, c'est un mutin, placez une sentinelle
à sa porte et une autre sous ses croisées, malgré les fortes grilles
qui s'opposeront à sa fuite.   (*Oviedo sort escorté.*)

SCENE VIII.

ORDOGNO, MORENO.

MORÉNO.

Quel étrange enchaînement de circonstances.

ORDOGNO.

Il faut avoir une tête de bronze pour résister à tout cela. Jamais dans Villa-Nuova on aura vu une semblable procédure. Je suis curieux d'entendre le capitaine, d'écrire ses réponses. Justement le voici.

SCENE IX.

Les mêmes, DON ALPHONSE, Gardes.

D. Alphonse en entrant témoigne sa surprise de voir Moréno siéger à l'audience, l'alcade s'aperçoit du mouvement que fait le capi- taine, et qui doit être très-remarqué.

MORÉNO.

Vous êtes surpris de trouver dans votre juge l'homme que vous avez offensé?

D. ALPHONSE.

Je l'avoue, mais je suis loin de me plaindre de ce hasard, vous connaissez mieux que personne, Moréno, les motifs de ma con- duite, et si je parais aujourd'hui devant un magistrat, c'est ce magistrat même qui m'a rendu coupable.

MORÉNO.

Ne m'était-il pas permis de disposer de ma fille selon ma volonté?

D. ALPHONSE.

Vous voyez à quelle extrémité m'ont conduit vos refus.

MORÉNO.

Les lois vengeront l'outrage que vient de recevoir ma famille, un châtiment exemplaire lui rendra l'honneur que vous lui avez ravi.

D. ALPHONSE.

Ne croyez pas que l'aspect de la mort m'épouvante. Je la pré- fère à la vie, si mon cœur est privé du seul objet pour lequel il respire, mais réfléchissez aux maux qu'un tel excès de rigueur peut causer. Pensez-vous que mon père voit couler le sang du seul appui de sa vieillesse sans en répandre à son tour? Pensez-vous que cette fille chérie que je ne vous ravissais que pour vous forcer à me nommer votre fils, soit satisfaite de la réparation que lui offrira mon trépas? Non, Moréno, Elvire partage ma tendresse, C'est de sa bouche que j'en ai reçu l'aveu. Nés l'un pour l'autre, le même coup doit nous frapper. Une victime encore, Gusman, ce fils vertueux, qui pour défendre Elvire, vient d'exposer ses

Le Rapt.   i jours, Gusman, dont cette blessure honore le courage , sera malgré la justice de sa cause, atteint par les lois, condamné par mon père pour avoir frappé son supérieur , et son sang versé par votre faute, arrosera la tombe où tout ce qui vous est cher doit descendre avec moi.

MORÉNO *à part.*

Quel trait de lumière ! Je n'avais pas songé (*haut*). Arrêtez !
D. Alphonse , ce tableau me fait horreur.

ORDOGNO *à part.*

Il nous sera facile de sauver Gusman.

D. ALPHONSE.

Détournez vos regards de cette scène de deuil, et voyez près de vous Laure et Gusman, Elvire et D. Alphonse. rivaliser de soins et d'amour, une famille, que chaque année rendra plus nombreuse, carresser vos cheveux blancs, guetter votre moindre sourire , jouir de l'attention la plus légére, et deviner dans vos regards ce qu'il faut éviter pour ne point provoquer le courroux paternel. Ah ! Moréno , de telles images ne peuvent-elles émouvoir votre cœur. Je suis coupable, je l'avoue, mais l'amour est mon excuse ; profitez de mon crime pour forcer D. Sanche à me donner son aveu ; s'il le refuse , pour faire oublier mon offense, traitez-moi suivant toute la rigueur des lois. Mais un instant soyez mon père , pardonnez un fils qui embrasse vos genoux , et qu'au moins si l'honneur exige le sacrifice de ma vie , votre malédiction n'empoisonne pas mes derniers momens.

MORÉNO *à part.*

Il m'attendrit.

D. ALPHONSE.

La voix de la nature s'est fait entendre , des pleurs s'échappent de vos yeux. O Dieu puissant ! j'ai gagné ma cause, Elvire est à moi.

MORÉNO.

Et quand je vous donnerais ma fille , pensez-vous que votre père consente jamais à cette mésalliance.

D. ALPHONSE.

Pourra-t-il résister à vos prières, à mes larmes.

MORÉNO.

Ah ! quel sort sera le vôtre, si nous le trouvons insensible ? L'action criminelle que l'amour vous a fait commettre a eu trop d'éclat, ma famille est trop outragée pour qu'il me soit possible de vous absoudre. Ce n'est plus Moréno, c'est un magistrat que les lois forcent à remplir un devoir rigoureux, qui prononcera votre arrêt.

D. ALPHONSE.

Je sais que si D. Sanche ne consent point à ce que j'épouse Elvire, ma mort est certaine, et je la subirai sans me plaindre.

ORDOGNO.

Voilà une procédure bien attendrissante, je pleure comme un enfant.

D. ALPHONSE.

Quel que soit l'événement, Moréno, promettez-moi de rendre la liberté à mon sergent.

ORDOGNO.

Oui, pour le récompenser de s'être moqué de la justice, n'est-ce pas ? Seigneur alcade, n'en faites rien, il m'a menacé, et....

D. ALPHONSE.

Je l'ai contraint à me servir ; la supériorité de mon grade le forçait à l'obéissance.

ORDOGNO.

Il n'en est pas moins coupable. Je crois que 4 ou 5 ans de détention.

MORÉNO.

Je vous promets sa grâce.

ORDOGNO.

Vous compromettez ma sûreté. Songez donc qu'il me jouera quelques mauvais tours ? C'est un diable !

D. ALPHONSE.

Soyez tranquille, il ne pensera pas même à vous.

ORDOGNO.

Fasse le ciel que je n'aie pas sujet de me souvenir de lui ; dans tous les cas je ferai mes conditions.

MORÉNO.

Je suis forcé, D. Alphonse de vous traiter en coupable ; permettez qu'on vous reconduise.

D. ALPHONSE.

J'obéis. Adieu, mon père !

MORÉNO *lui serrant la main avec expression.*
Jeune homme, je suis content de vous.

(*Les soldats emmènent D. Alphonse.*)

SCENE X.

MORENO, ORDOGNO.

ORDOGNO.

Il serait à propos, seigneur Alcade, de pourvoir à la sureté de votre fils ; ce que D. Alphonse vient de dire me fait trembler.

MORENO.

J'y pensais, il faut éviter qu'on pense à Gusman ; puissent les précautions que nous allons prendre, détourner les dangers qui menacent mon fils, en laissant dans l'oubli une action qui honore à la fois son courage et son cœur.

ORDOGNO.

Seigneur alcade, ce lieu est plus sûr que toutes les maisons du village ; c'est chez moi que je vais conduire ceux qui vous sont chers

MORENO.

Je vous remercie, Ordogno. En effet cette retraite me parait convenable, et je serai près de mes enfans.

ORDOGNO.

En ce cas je cours les rejoindre.

MORENO *l'arrétant.*

Il serait prudent de laisser ignorer à mon fils quelles peuvent être les suites funestes de son généreux dévouement. Prévenez madame votre épouse de ces dispositions.

ORDOGNO.

Sans doute, on doit ménager la sensibilité de ces pauvres enfans.

MORENO.

Il faut que je leur parle avant de les confier à vos soins ; faites les venir près de moi, éloignez tout le monde de cette salle : je veux être seul avec ma famille.

ORDOGNO.

Il suffit Seigneur.

MORENO.

Vous viendrez m'avertir, si D. Sanche ou quelqu'un des siens se présentent aux portes de l'hôtel, Ordogno, faites diligence.

ORDOGNO.

Vous allez être obéi.

MORENO.

Je suis un peu plus tranquille. (*Ordogno sort.*)

SCENE XI.

MORENO *seul.*

(*Il se met à la table ; il écrit et réfléchit un moment.*)

Oui, c'est-là le parti qu'il faut prendre ; Gusman souscrira, je n'en doute pas, à me désirs : mais Elvire aura-t-elle la force de seconder mes projets. Je l'entends : à quelle rude épreuve je vais mettre sa sensibilité..

SCENE XII.

MORÉNO, GUSMAN, ELVIRE, LAURE.

GUSMAN.

Vous nous demandez mon père ?

MORENO.

Oui mes enfans, j'attends d'Elvire une soumission aveugle; de Gusman et de Laure un sacrifice nécessaire.

GUSMAN.

Nous sommes prêts à vous obéir.

(69)

MORENO, *regardant Elvire.*

Don Alphonse est condamné par nos loix, il est cependant un moyen de le sauver, Don Sanche, s'opposera sans doute à la réparation que j'exige : mais si la fortune d'Elvire pouvait balancer à ses yeux le rang illustre de l'épouse qu'il destine à son fils, seriez tu vous prêts, Gusman et Laure a tout sacrifier pour rendre l'honneur à Elvire, renonceriez vous aux richesses qui doivent vous appartenir, si je pouvais à ce prix....

GUSMAN.

En douter serait me faire injure, que ma sœur soit heureuse, j'ai des bras, du courage.

LAURE.

Orpheline, vous avez pris soin de mon enfance je vous dois tout et vous me consultez pour disposer de votre bien.

ELVIRE.

Non je ne souffrirai point de semblables privations.

MORENO.

Laissez agir mon expérience, Laure, Gusman, je vous avais appreciés, tiens mon fils, signe ce papier, c'est une donation entière de mes biens.

GUSMAN, *vivement.*

J'obéis mon père.

MORENO, *à Elvire.*

Ma fille, voici le moment où tu dois t'armer de courage, (*lui montrant un second papier.*) ton frère a signé cette donation, toi signe cette requête qui constate le crime de Don Alphonse et que si le sort trompe nos espérances la mort du coupable venge l'outrage que tu as reçu.

ELVIRE, *avec effroi.*

La mort de Don Alphonse, vous savez que je l'aime et vous vouliez mon père que je signe son arrêt.

MORENO.

Tu le dois, c'est la loi qui l'ordonne.

ELVIRE.

Mon cœur me le défend, l'existence de Don Alphonse est nécessaire à la mienne.

GUSMAN.

Ma sœur arme toi de courage nous désirons tous ton bonheur, en obéissant à mon père tu n'augmentes ni tes torts, ni les dangers de Don Alphonse.

ELVIRE.

L'effort est impossible.

MORENO, *sévèrement.*

Elvire songe que si tu n'es publiquement vengée, sans en être moins vertueuse un cruel préjugé te comdamnera au deshonneur, ton frère, Laure, ton vieux père, seront couverts d'oprobre, soixante ans de probité, la réputation la plus pure disparaitront par l'imprudence d'un jeune audacieux.

ELVIRE.

Ah ! cette idée me fait frémir.

MORENO, *lui présentant la plume.*

Prends donc cette plume ma fille, trop de faiblesse te rendrait coupable, veux tu paraitre envers le monde entier complice du crime, dont gémit ta famille.

ELVIRE, *à part.*

Cruelle extrémité (*haut*) donnez mon père puisque l'honneur l'exige.

(*Elle prend la plume qui s'échappe de ses mains.*)

MORENO.

Tu hésites encore. (*Il ramasse la plume et la présente à sa fille*) (*sévérement.*) Obéissez.

(*Elvire prend la plume, pose la main sur le papier, signe en tremblant, chancelle, et tombe dans les bras de Gusman.*)

LAURE.

Ma cousine, calme tes inquiétudes. Tout n'est pas désespéré.

GUSMAN

Ma sœur, le ciel prendra pitié de tes chagrins.

MORÉNO, *à part.*

O mon dieu ! ne permets pas que je succombe dans ma dernière tentative.

(*On entend du bruit. Elvire sort de l'espèce d'abattement où elle était.*)

MORÉNO.

Qu'est-ce que cela ?

SCENE XIII.

Les Précédens, ORDOGNO, quelques Paysans.

ORDOGNO.

Pardon, seigneur Alcade, si j'entre sans vous en faire prévenir, et avec une escorte ; mais le général Don Sanche à la tête de quelques grenadiers, se dispose à forcer la garde extérieure.

MORÉNO

Don Sanche! (*à part.*) L'instant fatal approche.

ELVIRE.

Que dois-je attendre de son retour ?

MORÉNO.

Greffier, le tems presse. Mettez ma famille en lieu de sûreté. Le nombre des gardes de ville qui est à ma disposition, n'étant pas suffisant, ordonnez aux habitans du bourg de prendre les armes, que tous ceux qui sont dans l'intérieur de l'hôtel se tiennent prêts à me seconder, placez un factionnaire au bout de cette galerie, avertissez-le qu'un geste que je lui ferai et qui, répété par lui, parviendra de sentinelle en sentinelle jusqu'au beffroi, sera le signal de l'alarme.

ORDOGNO
Alors je ferai sonner le tocsin.

MORÉNO.
Oui, allez dans le village, animez tous les esprits, et que chacun se rende où le devoir l'appelle.

ORDOGNO.
Ah ! monsieur le général, vous me payerez la frayeur que vous m'avez causée.
(*Il place une sentinelle, lui parle bas et lui montre l'alcade, puis il en envoie d'autres plus loin.*)

GUSMAN, *à son père.*
Et voulez-vous que je vous quitte quand vous êtes en danger ?

MORÉNO.
Je ne crains rien pour moi, Gusman, Laure et ta sœur peuvent avoir besoin de ton appui, surtout mes enfans ne sortez de votre retraite que par mon ordre.

GUSMAN *à part.*
Je ne l'attendrai pas pour être instruit de ce qui va se passer.

ELVIRE *à part.*
Quel triste pressentiment m'agite.

ORDOGNO *revenant à Gusman, Laure et Elvire.*
Suivez-moi. (*à Moréno*) Vous me verrez revenir en force.
(*Ils sortent vivement. On entend du bruit.*)

MORENO.
Serait-ce déjà D. Sanche ?
(*D. Sanche, précédé de quelques soldats, entre en scène.*)

SCENE XIV.

MORENO, Don SANCHE, Gardes du bourg, Grenadiers de D. Sanche.

D. SANCHE.
En dépit des mutins, me voici dans l'hôtel de ville ; nous verrons, morbleu, si cet Alcade refusera de me rendre mon fils. (*apercevant Moréno*) Ah ! te voilà, je suis charmé de te trouver ici.

MORENO.
Vous paraissez fort en colère, général.

D. SANCHE.
Je le suis en effet, figure-toi que l'alcade de ce bourg a fait enfermer le capitaine D. Alphonse, mais il s'en repentira ce misérable paysan, je le ferai mourir sous le bâton.

MORENO.
Oh ! oh ! mais croyez-vous qu'il s'accommode d'un semblable traitement ?

D. SANCHE.
Hernidié ! je saurai bien l'y contraindre.

MORENO.

Je ne crois pas , et tel qui pense manquer impunément au magistrat, pourrait bien se repentir lui-même de la plus légère insulte.

D. SANCHE.

Tu défend l'alcade, Moréno, je ne puis t'en blâmer ; mais,
dis-moi, où le trouverai-je ?

MORENO *prenant sa baguette.*

Il est devant vous.

D. SANCHE.

Ah ! c'est toi qu'on a élu ce matin.... Tubleu , j'en suis fâché,
Moréno ; mais ce qui est dit est dit.

MORENO.

C'est vrai, général , mais ce qui est fait est fait.

D. SANCHE.

De quel droit t'es tu saisi de D. Alphonse ?

MORENO.

Il s'est rendu coupable de Rapt envers ma fille.

D. SANCHE, *avec colère.*

De Rapt envers ta fille ! Le misérable ! J'ignorais cela. On n'a pas
su me dire pourquoi tu l'avais fait arrêter. (*à part*) Il paiera cher
cette action infâme. (*haut*) Morbleu, Moréno, je te ferai promp
tement justice.

MORENO *froidement.*

Je n'ai jamais prié personne de faire pour moi, ce que je pouvais
faire moi-même, la procédure est en règle; la voici. Le crime est
capital, et en pareil cas le sang est la seule rançon de l'honneur.

D. SANCHE.

Le sang ! Y penses-tu, Moréno ? mon fils est militaire, tu t'ar-
roges un droit qui ne peut t'appartenir.

MORÉNO *avec dignité.*

Quoique je ne sois que depuis quelques heures maître de disposer de la vie de votre fils, je suis assez instruit pour vous rappeler
les lois d'un pays où vous tenez un rang considérable , devez-vous
ignorer qu'un Alcade est le chef d'un tribunal qui juge en souverain, et qui connaît seul des délits qui arrivent dans son district ?
Le Roi à son couronnement , où vous devez assister, va jurer de
les maintenir comme magistrats. Parlez, D. Sanche, mon autorité
est-elle maintenant à vos yeux assez bien établie ?

D. SANCHE.

Tu es maître de la personne de mon fils. Voilà tes droits les plus
certains.

MORENO.

Vous ne pouvez racheter la vie de D. Alphonse qu'en lui ordon-
nant d'épouser Elvire.

D. SANCHE.

Epouser ta fille , vieillard insensé ! Sais-tu quelle est ma noblesse ?

MORENO.

La véritable noblesse est selon moi la noblesse des sentimens,

D. SANCHE.

Tu ignores à quels excès peut me porter ta résistance.

MORENO.

Dussai-je mourir, je serai fidèle aux devoirs que l'honneur m'impose.

D. SANCHE *à ses soldats.*

Soldats ! marchez vers la prison, brisez les portes, délivrez votre capitaine, et si le bourg vous résiste, traitez en ennemi tout ce qui s'opposera à mes volontés. (*Moréno lève sa baguette et donne au factionnaire le signal convenu.*)

MORENO.

Arrêtez, soldats qu'allez vous faire (*On entend le tocsin et ces cris* aux armes aux armes !)

D. SANCHE.

Hernidié, qu'est ce que cela ?

MORENO.

Don Sanche, le ciel ne permettra pas que vos ordres soient exécutés, entendez-vous ces cris, tous les habitans se rallient pour défendre ma cause, nous sommes en force.

D. SANCHE, *furieux.*

Eh bien, le sort des armes réglera nos droits.

(*Bruit dans la coulise.*)

SCENE XV.

Les Précédens un SOLDAT, puis GUSMAN escorté par quatre Grenadiers.

LE SOLDAT.

Général, j'ai, d'après vos ordres, fait les démarches nécessaires pour découvrir quel était le soldat qui, ce matin, a blessé Don Alphonse.

MORENO, *à part.*

Qu'entends-je ?

D. SANCHE.

Et tu n'as rien appris ?

LE SOLDAT.

Pardonnez-moi, général, j'ai sû que cétait ce jeune paysan qui venait de s'engager.

D. SANCHE.

Gusman ?

LE SOLDAT.

Lui-même, attiré par le tumulte que notre arrivé a causé en ce lieu, il m'a évité les recherches que j'allais faire pour m'emparer

Le Rapt.   K de sa personne ; je l'ai aperçu sortant de cet hôtel pour aller se joindre aux habitans du bourg et je suis parvenu à le saisir ; je ous l'amène général ; le voici.

(*Il fait un signe* ; *les grenadiers et Gusman entrent en scène.*)

MORENO.

Malheureux père !

D. SANCHE.

Le hasard me sert Moréno, je puis user de représailles, ton fils est aussi coupable que le mien.

GUSMAN.

Mon action fut commandée par l'honneur, celle du capitaine par un désir criminel.

MORENO.

Pouvez-vous blâmer Gusman ?

D. SANCHE.

Je dois profiter des avantages que me donnent la discipline militaire ; Moréno, veux tu capituler ?

MORENO.

On ne transige point avec l'honneur.

D. SANCHE.

Hé bien, soldats, puisqu'il ne veut rien entendre, courez, briser les fers de Don Alphonse.

(*Grand bruit* ; *une foule de paysans armés et de gardes du pays arrivent, Ordogno les conduit.*)

(*Le général fait un mouvement, Moréno saisit sa baguette* ; *au geste qu'il fait, le passage est barré et Don Sanche et tous les siens sont couchés en joue.*)

SCENE XVI.

Les Précédens, ORDOGNO, Paysans, Gardes du Bourg.

ORDOGNO, *en entrant au moment de l'action.*

Halte-là, s'il vous plait.

D. SANCHE, *aux grenadiers.*

Hé bien, soldats !

MORENO.

Voulez-vous qu'ils périssent sous vos yeux ? Ordogno, monsieur le général désire voir son fils ; faites venir les prisonniers.

ORDOGNO.

Oui, seigneur Alcade. (*à part.*) Allons ensuite chercher Elvire et sa cousine   (*Il sort.*)

SCENE XVII.

MORÉNO, Don SANCHE, GUSMAN, Grenadiers, Soldats du Bourg.

D. SANCHE.

Tu fais bien de prendre ce parti, Moréno, j'étais décidé...

MORENO.

Ne croyez point que je cède à la crainte : vous allez revoir Don Alphonse, mais il sera à jamais perdu pour vous, si vous êtes sourd à sa voix... Je l'entends...

SCENE XVIII.

Les Précédens Don ALPHONSE, OVIÉDO, Gardes.

(Don Alphonse et Oviédo se rangent près des soldats qui sont à côté de l'Alcade, Gusman entouré des gardes est du côté opposé derrière le général.)

MORENO.

Don Alphonse épris d'Elvire consent à devenir son époux, Don Sanche je n'attends plus que votre aveu.

D. SANCHE.

N'espérez pas l'obtenir. Don Alphonse n'a pu d'ailleurs consentir à un hymen que lui défendent et sa naissance et le souvenir de ses ancêtres, j'ai disposé de sa personne.

OVIEDO.

La prédiction du greffier s'accomplira.

D ALPHONSE.

Et vous exigeriez de moi le sacrifice de mon bonheur, Dona Isabella est belle, riche, mais son caractère impérieux, son amour pour elle même loin de faire désirer son alliance, éloignent de la maison de son père tous ceux qui pourraient pretendre a sa main ; Elvire plus belle encore, mais douce et modeste, ennoblit sa naissance par toutes les vertus.

D. SANCHE.

Paix, monsieur ; croyez-vous que cédant à une passion aveugle, je sacrifie les brillants avantages que vous promet l'alliance de la fille de Don Pédre.

MORENO.

Si c'est la soif des richesses qui vous guide, sans connaître la fortune de Don Pédre je suis certain de le surpasser en générosité *(lui montrant la donation.)* Lisez, général et voyez si le ministre de Charles III peut sortir de ces coffres l'or dont je dispose en faveur de ma fille.

D. SANCHE, *lisant.*

Que vois-je ?

MORENO.

Tous mes biens sont à Don Alphonse si vous consentez.

D. SANCHE, *déchirant la donation.*

Voilà ma réponse et le cas que je fais de vos dons , jamais mon fils ne contractera une union deshonorante.

MORENO, *se contraignant.*

Déshonorante ! homme vain et cruel, vous préférez donc voir répandre le sang, voir ce nom dont vous êtes si fier couvert d'une tache inefaçable.

D. SANCHE.

Penses-tu que je ne saurai pas arracher mon fils des mains de ses bourreaux.

D. ALPHONSE.

Non, mon père , quels que soient vos efforts, je ne sortirai de ces lieux que pour marcher à l'autel, ou à la mort.

D. SANCHE.

Mon fils, avez vous oublié quelle est l'étendue de mon pouvoir.

D. ALPHONSE.

L'outrage qu'a reçu Elvire fut public, la réparation doit être éclatante.

OVIÉDO.

Avec son amour, çà finira mal.

D. SANCHE.

Insensé, tu aimes Elvire, et tu veux la plonger , ainsi que tous ceux qui l'entourent, dans la plus affreuse douleur, tu veux attirer sur ce bourg le fléau de la guerre ; Gusman n'est-il pas en ma puissance, sa vie ne me répond-t elle pas de la tienne ?

D. ALPONSE.

Gusman !.. Quels sont les torts de ce brave jeune homme ? Qu'a-t-il fait que tout autre n'eût fait à sa place, vous ne pouvez le condamner sans que ma déclaration , mise sous les yeux d'un conseil de guerre, ne prouve son crime, et j'affirme en présence de vos soldats, que Gusman, provoqué par moi, a été forcé de défendre sa vie. Oui, je me reconnais coupable, je ne puis, je ne dois porter aucune plainte contre lui. D'ailleurs trompé par l'obscurité, Gusman n'a pu reconnaître son supérieur ; il n'a vu en moi que le ravisseur d'Elvire, et il a dû la venger.

GUSMAN *à part.*

Dans quel étonnement me jette son langage.

MORENO.

Vous l'entendez, Général, mon fils ne peut être l'ôtage du vôtre.

D. SANCHE.

Que m'importe le motif du délit, c'est le délit même qui doit régler ma conduite, Gusman est militaire, il a porté les armes contre son capitaine.

D. ALPHONSE.

Je le répète, il n'a pu me reconnaître dans l'action et je l'ai forcé.

D. SANCHE.

Vains détours ; si Moréno ne vous rend la liberté, je vais le contraindre....

D. ALPHONSE.

Je ne profiterai point de cette faveur, Moréno, puisque mon père est inflexible ; que l'arrêt qui me condamne s'exécute. Je sais que votre âme généreuse souffrira de me punir ; je sais que je ne devrai le trépas qu'à l'auteur de mes jours.

D. SANCHE.

Moréno, tu connais les dangers de Gusman ?

GUSMAN, avec véhémence.

Ne rachetez point mon existence par l'oubli de l'honneur, D. Sanche ; ordonnez mon supplice, il sera glorieux ; j'emporterai dans la tombe les regrets de tous les gens de bien ; ma mémoire, que vous ne pouvez flétrir, sera chère à ma famille ; quelques pleurs arroseront ma cendre : mais vous, vous dont le nom justement célèbre marche à l'immortalité, pourrez-vous effacer le souvenir honteux d'une vengeance atroce et illégitime ? pourrez-vous imposer silence à la voix du remords ?

D. SANCHE.

Je n'écoute rien ; qu'on me rende mon fils, ou Gusman a vécu.

GUSMAN.

Frappez !

MORÉNO.

Ta conduite, mon fils, vient de me dicter mon devoir. D. Sanche, le même instant nous réduira tous deux à un éternel désespoir ; il vous couvrira d'opprobre, et me fera payer bien cher l'oubli d'un cruel outrage. Adieu, mon fils, adieu D. Alphonse, pardonnez-moi votre mort, elle déchire mon cœur : (*aux gardes*) que D. Alphonse soit conduit à l'échafaud.

D. SANCHE, furieux.

A moi, soldats ! arrachez votre capitaine à ces barbares.

MORÉNO, avec force.

Gardes, obéissez.

(D. Sanche, à la tête de ses grenadiers, veut s'élancer sur les gardes du bourg, qui se disposent à se défendre. D. Alphonse arrache un pistolet à l'un des combattans, se place entre les deux partis, et dirige l'arme contre sa personne. Surprise et effroi général.)

D. **ALPHONSE** *avec le ton du désespoir.*

Souscrivez à mes vœux, ou vous n'avez plus de fils.

D. SANCHE.

Arrête, malheureux ! tu veux donc empoisonner mes vieux jours ?

SCENE XIX ET DERNIÈRE.

Les Précédens, ELVIRE, LAURE, ORDOGNO.

(Elvire et Laure entrent éperdues au moment de l'action, et vont se jeter aux pieds de D. Sanche. Les soldats émus posent les armes et restent immobiles.)

ELVIRE, *à D. Sanche.*

Je tombe à vos genoux; laissez-vous attendrir.

LAURE.

Grâce, grâce. mon seigneur.

D. SANCHE, *à part, et relevant Elvire*

Fatale promesse !

ELVIRE.

D. Sanche, voyez mes larmes, mon désespoir; le cœur d'un père peut-il se résoudre à un pareil sacrifice? D. Alphonse, conservez une existence qui a moins de prix aux yeux de l'auteur de vos jours, que les titres qui flattent son orgueil. Gusman, mon père, abandonnez Elvire à sa douleur, à sa honte ; laissez-là mourir déshonorée, et vivez pour la plaindre, pour l'absoudre aux yeux des hommes, en publiant son innocence et ses malheurs.

D. SANCHE, *très-ému, à part.*

Je n'y tiens plus, l'épreuve est trop rude pour mon cœur.

MORÉNO

Il s'attendrit.

D. ALPHONSE.

Elvire est digne d'être votre fille.

D. SANCHE *après un moment d'hésitation.*

Oui, morbleu, et tu es digne d'elle; épouse-là, mon fils, épouse-là, je veux conserver ta vie et la sienne.

(Un jeu de scène exprime la satisfaction de tous les personnages, et forme tableau.)

D. ALPHONSE.

Oh ! bonheur.

ELVIRE.

Il se pourrait ! Que de reconnaissance,

D. SANCHE.

Gusman, viens embrasser ton général. Toi, Moréno, compte sur mon inviolable amitié.

MORÉNO.

Général, voilà votre plus belle victoire.

LAURE.

Partirez-vous encore, Gusman ?

D. SANCHE.

Cela dépend de lui.

MORÉNO.

Décide-toi; si tu restes ton mariage se fera avec celui d'Elvire.

GUSMAN *avec joie.*

Je ne quitte plus la ferme.

D. SANCHE.

Je romps ton engagement. *(à Moréno)* Tu brûleras la procédure.

MORÉNO.

Oui ; mais je donne à ma fille 100,000 ducats pour les dépens, et comme je veux rendre l'alliance de nos familles moins disproportionnée, je demanderai au Roi mes lettres de noblesse.

D. SANCHE.

Elles n'ajouteront rien à l'estime que j'ai pour toi, cependant j'exige que ce soit une des clauses du contrat.

ORDOGNO.

Vous avez raison, général, cela fera taire les médisans.

OVIÉDO.

Dieu soit loué ! en dépit de vos prédictions, seigneur Ordogno, nous en sommes quittes pour la peur.

ORDOGNO.

M. le sergent, faisons la paix.

OVIEDO.

Volontiers, Greffier, car j'espère bien n'être plus en guerre avec la justice.

FIN.